Mashava – Die Villa am Stadtrand – Die Fremde

Simon Weipert

Mashava –
Die Villa am Stadtrand –
Die Fremde

Bibliografische Information der Deutschen Nationalbibliothek
Die Deutsche Nationalbibliothek verzeichnet diese Publikation
in der Deutschen Nationalbibliografie; detaillierte bibliografische
Daten sind im Internet über http://dnb.d-nb.de abrufbar.

*Die automatisierte Analyse des Werkes, um daraus Informationen
insbesondere über Muster, Trends und Korrelationen gemäß §44b UrhG
(»Text und Data Mining«) zu gewinnen, ist untersagt.*

© 2025 Simon Weipert
Grafik: Lynn Yeh/ Mikhail hoboton Popov / Shutterstock.com

Satz, Umschlaggestaltung und Verlag: BoD · Books on Demand
GmbH, Überseering 33, 22297 Hamburg, bod@bod.de
Druck: Libri Plureos GmbH, Friedensallee 273, 22763 Hamburg

ISBN: 978-3-7693-3799-0

Inhalt

Mashava

Wie der ferne Widerschein einer verlorenen Welt erhoben sich die Ruinen der Stadt aus der Savanne des südlichen Afrika. Langsam bewegte sich die Reisegruppe im Licht der untergehenden Sonne auf die ringförmige Mauer zu, die die Gegenwart von der Vergangenheit trennte. Als sie kurz darauf die schmale Pforte durchquerten, die den Weg ins Innere eröffnete, warfen die Stadtmauer und der Turm neben ihr bereits lange Schatten, während die Spitze des Turmes die rötlichen Sonnenstrahlen aufsog wie ein Elixir des Lebens. Der runde, aus eher kleinen, rechteckigen Steinen gemauerte Turm war unten breiter und verjüngte sich zu seiner erleuchteten Krone hin wie der Stamm eines Baumes, der langsam dem Himmel zustrebte. Rebecca fragte sich, was sich einst im Inneren verborgen haben mochte, und erinnerte sich vage daran, in der Vergangenheit einen ähnlichen Turm gesehen zu haben, auch wenn sie nicht mehr wusste, wann und wo es gewesen war. Für einige Zeit ließ sie ihre Augen über die Fundamente der Häuser im Inneren der Stadtmauer schweifen, doch kehrte ihr Blick immer wieder zu dem Turm zurück und zu den unbestimmten, fernen Erinnerungen, die mit ihm verbunden waren, bis die Gruppe schließlich die Große Einfriedung verließ und sich auf den Weg zu einer Ansammlung von Gebäuden begab, die an der Spitze eines Hügels deutlich zu erkennen waren. Nach einem halbstündigen, beschwerlichen Aufstieg in der noch immer feucht-heißen Abendluft erreichten sie schließlich den Gipfel des Berges und nahmen die Bauten in Augenschein, von denen einige wirkten, als seien sie den umgebenden Felsen entsprossen. Um in das Innere der Ansiedlung zu gelangen, mussten die Reisenden mehrere enge, niedrige Gänge durchqueren, die in der beginnenden Dämmerung bereits in tiefer Finsternis lagen und in Rebecca ein leichtes Gefühl der Beklemmung weckten, bevor sie schließlich die höchste Stelle erreichten, von der aus sich ein weiter Ausblick über die Ruinen und das sie umgebende Buschland bot. Nachdem der Reiseleiter ihnen einige Erläuterungen zur Geschichte und zu den Bauten von Groß-Zimbabwe gegeben hatte, kehrte die Gruppe mit Rebecca, Christian, Judith und Désirée schließlich ins Tal zurück, wo der Bus auf sie wartete. Für sie alle war die zu Ende gehende zweiwöchige Urlaubsreise durch Südafrika und Zimbabwe eine Belohnung für ein Jahr harter Arbeit gewesen. Rebecca hatte in den letzten Monaten als Pianistin mehrere Konzerte gegeben, die für sie immer mit großer Anspannung verbunden waren. Ihr Freund Christian hatte neben seiner Tätigkeit an der Universität seine Promotion abgeschlossen und erste Vorarbeiten für eine spätere Habilitation in Angriff genommen. Judith, die ihrer Schwester Rebecca mit ihren lockigen dunkelbraunen Haaren und ihren ausdrucksvollen, leicht melancholischen Augen nicht nur äußerlich sehr ähnlich war, arbeitete seit fast zwei Jahren als Assistenzärztin am Frankfurter Universitätsklinikum, während Désirée, die Rebecca vor einigen Jahren zufällig an der Musikhochschule kennengelernt hatte, in Darmstadt im zweiten Semester Maschinenbau studierte und nebenher in ihrem ursprünglichen Beruf als

Gebäudereinigerin arbeitete. Mit dem Geld, das sie auf diese Weise verdiente, finanzierte sie nicht nur teilweise ihren Lebensunterhalt, sondern auch den Ratenkauf eines Klaviers, mit dem sie sich mit Rebeccas Hilfe den lange gehegten Traum erfüllte, ein Musikinstrument zu erlernen. Désirée war ein wenig größer als Rebecca und Judith und wirkte durch jahrelange körperliche Arbeit kräftig und sportlich, doch zeigten sich in ihrem Gesicht trotz ihrer 32 Jahre bereits einige Falten, und ihr Haar war an manchen Stellen leicht ergraut, auch wenn diese Spuren schmerzlicher Erlebnisse in der Vergangenheit aufgrund ihrer schwarzen Hautfarbe nicht immer auf den ersten Blick zu erkennen waren.

Am nächsten Tag, dem letzten ihrer Reise durch Südafrika und Zimbabwe, unternahmen die Touristen mit dem Reiseleiter einen Ausflug zum Mutirikwi-Stausee, der etwas mehr als eine Stunde Fahrzeit von ihrer Unterkunft in der Nähe von Groß-Zimbabwe entfernt war. Désirée hingegen hatte beschlossen, eigene Wege zu gehen und ihre nahe gelegene ehemalige Heimatstadt Mashava zu besuchen.

»Euch erwartet ein schöner Tag«, sagte sie am Morgen zu Rebecca, Christian und Judith. »Es ist eine reizvolle Gegend, und mit ein wenig Glück sieht man sogar einige Nashörner.«

»Ich glaube auch, dass wir an der Landschaft Gefallen finden werden. Seen haben mich schon immer angezogen«, antwortete Rebecca und fragte: »Wann fährt dein Bus nach Mashava?«

»In gut einer Stunde. Wenn ihr abends zurückkehrt, bin ich wieder da. Es wird für mich faszinierend sein, zu sehen, wie sich die Stadt in den vergangenen 17 Jahren entwickelt hat.«

»Du warst seit deiner Auswanderung nie mehr dort ...«, sagte Judith.

»Nein«, erwiderte Désirée. »Mittlerweile leben nur noch einige entfernte Verwandte in Mashava. Vielleicht werde ich trotzdem einige Leute treffen, die sich noch an mich erinnern.«

In diesem Augenblick hielt der Bus des Veranstalters vor dem Hotel, und der Reiseleiter bat die Gruppe einzusteigen. Nachdem sie sich von Désirée verabschiedet hatten, bestiegen Rebecca, Christian und Judith den Bus und ließen während der Fahrt die weite, trockene, bisweilen trostlose Savanne auf sich wirken, bis sie den Stausee erreichten, der ihnen wie eine unwirkliche Idylle in der abweisenden Steppe erschien. Die drei unternahmen mit dem Reiseleiter eine kurze Wanderung und verbrachten anschließend den Nachmittag am See. In der beginnenden Abenddämmerung blickte Rebecca in die Ferne, auf die vulkanartigen Berge am Horizont und die einige Kilometer entfernte Staumauer, die von aufsteigendem Dunst halb verdeckt war. Während der feine Nebel sich langsam vom Ende des Sees her ausbreitete, erschien in Rebeccas Phantasie wieder der Turm in der Einfriedung von Groß-Zimbabwe und mit ihm jene vage Erinnerung, die am Tag zuvor kurz ihr Bewusstsein gestreift hatte. Wenig später kehrten Rebecca, Christian und Judith mit den anderen ins Hotel zurück, wo Désirée in der Lobby schon auf sie wartete. Nachdem alle vier geduscht hatten, trafen sie sich im Hotelrestaurant und erzählten einander während des Abendessens von ihren Erlebnissen.

»Es ist wirklich eine schöne Landschaft«, sagte Christian nach einer Weile und fügte hinzu: »Ich habe in der Tat am anderen Seeufer einige Nashörner gesehen, die aber sofort wieder das Weite gesucht haben.«

»Ja, trotz ihrer Größe sind sie oft eher scheu«, antwortete Désirée mit einem Lächeln, bevor Christian sie fragte, wie ihre kurze Reise in ihre ehemalige Heimat verlaufen sei.

»In etwa so, wie ich es erwartet hatte. Mashava sieht noch fast genauso aus wie vor fast 20 Jahren, aber es sind mir nur wenige Menschen begegnet, die ich kannte. Die meisten meiner Verwandten leben mittlerweile anderswo, und auch viele ehemalige Bekannte sind weggezogen oder ausgewandert. Immerhin habe ich eine Schulfreundin getroffen, die mir erzählt hat, dass sich eine Cousine, zu der ich allerdings nie Kontakt hatte, ebenfalls auf die Reise nach Europa gemacht hat. Wer weiß? Vielleicht werde ich eines Tages erfahren, was aus ihr geworden ist, auch wenn wir uns nicht kennen.«

»Was hat euch eigentlich damals im Einzelnen zur Auswanderung bewogen?«, fragte Christian.

»Zunächst einmal die wirtschaftliche Lage. Wie viele andere Städte in Zimbabwe hatte auch Mashava mit einer zunehmenden ökonomischen Misere zu kämpfen. Das Asbestwerk und eine Goldmine mussten schließen, und auch meine Eltern als Besitzer eines kleinen Supermarkts bekamen die Folgen zu spüren, denn viele Leute haben damals die Stadt verlassen oder hatten wesentlich weniger Geld zur Verfügung. Manchmal fürchteten meine Eltern schon um unsere Existenz ... Außerdem spielte auch die politische Situation eine Rolle, die Diktatur, der Personenkult um den Präsidenten und die zunehmende Gewalt. Auch ich und unsere Familie haben einige Erfahrungen damit gemacht ... Es fing an mit einem Klassenausflug nach Groß-Zimbabwe, den wir gut ein Jahr vor unserer Emigration nach Europa unternahmen. Wir erfuhren dabei wenig über die Geschichte dieses Ortes. Stattdessen pries der Lehrer unablässig unseren Präsidenten, der angeblich von den Herrschern von Groß-Zimbabwe abstammte. Ich war genervt und habe einer Mitschülerin zugeflüstert: ›Der Präsident ist auch nur ein Mensch wie wir alle.‹ Leider hat die Klassenkameradin sofort laut wiederholt, was ich gesagt hatte. Daraufhin hat der Lehrer mir zwei schmerzhafte Ohrfeigen verpasst, so dass ich für einige Augenblicke ohnmächtig wurde. Danach wurden meine Eltern vorgeladen, und ihnen wurde klargemacht, dass auch sie die Folgen meiner Verfehlungen zu spüren bekämen, wenn ich in der Schule noch einmal auffiele. In den folgenden Wochen und Monaten haben wir dann bemerkt, dass immer wieder mit Stöcken bewaffnete Jugendliche und junge Männer aus der Partei des Präsidenten drohend vor unserem Supermarkt herumlungerten, was sich natürlich auch negativ auf das Geschäft ausgewirkt hat. Glücklicherweise waren mir meine Eltern nicht böse, sondern hatten Verständnis für meine Neigung zur Rebellion, zumal sie meine Ansichten über das Regime des Präsidenten teilten. Auf jeden Fall wurden unter anderem durch diesen Zwischenfall unsere Auswanderungspläne konkreter. Immerhin hatten wir das große Glück, zu den Wohlhabenden zu gehören, die über größere Ersparnisse verfügten, so dass wir den Flug nach Europa selbst finanzieren konnten, ohne auf die Hilfe von Menschenhändlern angewiesen zu sein. Meine Eltern hatten den Plan, in Deutschland später einen Supermarkt zu betreiben, wie sie es in Mashava getan hatten. Freilich war damit ein erhebliches Risiko verbunden, weil klar war, dass unser kleines Vermögen dafür nicht ausreichen würde. Da aber die Geschäfte in Mashava zunehmend schlechter liefen und auch immer öfter die Banden der Partei und gewöhnliche Kriminelle die Gegend um unseren Markt unsicher machten, haben wir uns schließlich auf die Reise ins Ungewisse begeben. Nach unserer Ankunft in Deutschland haben meine Eltern zunächst längere Zeit als Angestellte in einem Supermarkt gearbeitet, während ich Deutsch lernte und zur Schule ging. Freilich musste ich mich vorerst mit dem Hauptschulabschluss begnügen, weil ich so schnell wie möglich Geld verdienen und zu unserem Familieneinkommen beitragen wollte. Deshalb habe ich zunächst eine Ausbildung zur Gebäudereinigerin gemacht und mehrere Jahre in diesem Beruf gearbeitet, obwohl ich eigentlich von einem Ingenieurstudium geträumt habe. Mit der Zeit hat sich dann allerdings die politische Lage in Europa so zugespitzt, wie ich es nie erwartet hätte, und auch dieses Mal hat mir meine rebellische Ader einige Probleme eingebrockt«, sagte Désirée und senkte den Kopf, bevor sie nach einem Augenblick fortfuhr: »Trotzdem habe ich es nie bereut.«

»Du warst mutiger, als es viele Europäer je gewesen wären«, erwiderte Rebecca.

»Ich weiß nicht ... Unter meinen Leidensgenossinnen waren damals auch viele Europäerinnen ... Auf jeden Fall habe ich hinterher beschlossen, das Abitur zu machen und Maschinenbau zu studieren, nachdem meine Eltern inzwischen ihren eigenen Supermarkt aufgebaut hatten und in der Lage waren, mich finanziell ein wenig zu unterstützen.«

»Es ist erstaunlich, dass du es geschafft hast, neben deiner Arbeit die Vorkenntnisse in Mathematik und den Naturwissenschaften zu erwerben, die man für ein Ingenieurstudium braucht«, sagte Judith.

Désirée errötete unmerklich und antwortete: »Ich habe

oft die halbe Nacht daran gearbeitet. Außerdem hatte ich schon immer ein besonderes Verhältnis zu Zahlen ... Sie lügen nicht, im Unterschied zu vielen Menschen, die glauben, im alleinigen Besitz der Wahrheit zu sein.«

»Das stimmt«, entgegnete Christian, und alle vier lachten. Wenig später gingen Rebecca, Christian, Judith und Désirée früh zu Bett, weil ihre lange Heimreise nach Frankfurt schon im Morgengrauen des nächsten Tages beginnen würde.

Nachdem sie um sechs Uhr aufgebrochen waren, fuhren die Mitglieder der Reisegruppe zunächst mit ihrem Bus nach Harare und flogen von dort nach Johannesburg, wo sie um neun Uhr abends ihren Flug nach Europa antraten. In der Nacht, während Christian, Judith und Désirée schliefen, öffnete Rebecca die Blende ihres Fensters und blickte im Licht des Halbmonds auf das dunkle Land tief unter ihr, das nur manchmal unter hellgrauen Wolken oder leichtem Dunst verschwand. Der einsame Kontinent weckte in ihr Erinnerungen an die Ruinen von Groß-Zimbabwe, den geheimnisvollen Turm in der Großen Einfriedung und an den Mutirikwi-Stausee, über dessen Oberfläche sich in der Abenddämmerung aufsteigende Nebelschwaden ausbreiteten. Während sie einschlief, verschmolzen all diese Eindrücke mit früheren Erlebnissen zu einer fernen Traumwelt, deren Bilder noch längere Zeit in Rebeccas Phantasie lebendig blieben, nachdem sie wieder aufgewacht war, während das Flugzeug die Sahara überquerte. Schließlich jedoch ließ sie der Anblick der endlosen Dünen und Sandflächen, die manchmal von dunklen Gebirgszügen durchbrochen wurden, noch einmal in einen Traum eintauchen, in dem sie als nächtliche Wanderin eine Landschaft durchquerte, deren Weite und Einsamkeit sie schon in ihrer Jugend als ebenso faszinierend wie bedrohlich empfunden hatte, erfüllt von fremdartigen Wesen und einer Nähe zur Unendlichkeit des Alls, die vielleicht nirgends so unmittelbar zu spüren war wie an diesem Ort.

Als sie etwas mehr als eine Stunde später erwachte, wurde bereits das Frühstück serviert. Bald darauf überflogen sie im Morgenlicht die Gipfel der Schweizer Alpen und näherten sich ihrer Heimatstadt, die sie kurz vor acht Uhr erreichten.

Nach der Landung verabschiedeten sich die vier am Flughafen voneinander. Rebecca umarmte Désirée und ihre Schwester, mit der sie fast jeden Tag telefonierte, bevor sie und Christian ins Westend fuhren, wo sie seit Jahren gemeinsam lebten. Auch Judith kehrte in ihre Dachgeschosswohnung in Frankfurt-Rödelheim zurück und verbrachte den Tag mit Einkäufen und Besorgungen, bevor sie am Abend todmüde einschlief, während in der Oktobernacht die Dunkelheit anbrach. Als sie während der frühen Morgenstunden kurz aufwachte, erinnerten sie nur der ferne Schein der Straßenlampen und das unablässige Rauschen des Verkehrs daran, dass viele Menschen in der Stadt nie zur Ruhe kamen.

Zu dieser Zeit, es mochte gegen vier Uhr morgens sein, taumelte eine junge Frau durch die Straßen des Bahnhofsviertels. Sie wirkte wie betrunken und am Ende ihrer Kräfte, doch nahmen die Drogensüchtigen, Obdachlosen, Prostituierten, Zuhälter und die noch immer zahlreichen, nach Abenteuer und Vergnügen gierenden Nachtschwärmer keine Notiz von ihr oder empfanden sie allenfalls als lästiges Hindernis, während sie eine letzte Rettung suchte, die nicht weit entfernt war und doch unerreichbar schien. Etwa zwei Stunden später, in der sich ankündigenden Morgendämmerung, brach sie in der Notaufnahme der chirurgischen Universitätsklinik bewusstlos zusammen. Die Ärztin, die ihr zu Hilfe eilte, diagnostizierte einen Kreislaufzusammenbruch und einen schockähnlichen Zustand, möglicherweise als Folge von Nierenversagen und Mangelernährung. Außerdem fiel ihr bei der genauen Untersuchung ihrer Haut auf, dass ihr Körper von Striemen und Blutergüssen übersät war, die sie unter anderem wegen der dunklen Hautfarbe der Patientin nicht auf den ersten Blick bemerkt hatte. Nachdem sie ihren Kreislauf mit Infusionen stabilisiert hatte, setzte sie sich mit den Kollegen des Zentrums für Innere Medizin in Verbindung, wohin die noch immer Bewusstlose bald verlegt wurde. Während des Vormittags bestätigten Bluttests und Ultraschalluntersuchungen, dass die junge Frau nur knapp überlebt hatte und dass ihre Nieren und andere wichtige Organe aufgrund von Misshandlungen und Mangelerscheinungen schwer geschädigt waren.

Nachdem Judith um 16 Uhr ihren Dienst im Zentrum für Innere Medizin angetreten hatte, berichtete ihr eine Kollegin kurz über die Patienten auf ihrer Station und insbesondere über die junge Frau mit schwarzer Hautfarbe, die erst jetzt langsam aus ihrer Ohnmacht erwachte. Als Judith kurz darauf ihr Krankenzimmer betrat, war sie jedoch noch sehr schwach und kaum in der Lage, mit ihr zu sprechen. Da niemand wusste, wer sie war, fragte Judith sie, wie sie heiße, worauf sie mit einem leisen Flüstern antwortete, das Judith nicht verstehen konnte. Erst am nächsten Tag war sie fähig, in unförmigen Buchstaben ihren Namen auf ein Blatt Papier zu schreiben: Ayleen Mbeke. Judith konnte noch in Erfahrung bringen, dass sie aus Zimbabwe stammte, doch war die junge Afrikanerin zu benommen, um weitere

Fragen zu beantworten. Freilich erinnerte sich Judith sofort an Désirée und ihre Cousine, die vor einiger Zeit nach Europa aufgebrochen war. Inzwischen hatte sich gezeigt, dass die Patientin neben den bereits bekannten Verletzungen und den Folgen von Mangelernährung auch haarfeine Frakturen an ihrem rechten Unterarm erlitten hatte, die schmerzhaft, aber nicht auf den ersten Blick erkennbar waren. Da der Gedanke an ein Verbrechen nahelag, hatten die Ärzte bereits erwogen, die Polizei zu informieren, waren aber zu dem Schluss gekommen, dass sie im Augenblick für eine Vernehmung noch zu sehr geschwächt sei, zumal sie stundenweise immer wieder das Bewusstsein verlor. Nachdem Judith Ayleens Namen in Erfahrung gebracht und herausgefunden hatte, woher sie kam, erzählte sie ihren Kollegen von ihrer Reise nach Afrika, von Désirée und ihrer Cousine und schlug vor, Désirée zu bitten, mit Ayleen zu sprechen. Nachdem der Chefarzt und ihre Kollegen zugestimmt hatten, berichtete sie Rebecca am nächsten Tag, was vorgefallen war, und rief anschließend Désirée an, die sich freute, so bald wieder von ihr zu hören, und ihr versprach, sich um Ayleen zu kümmern.

Bevor Judith zwei Tage später nachmittags ins Klinikum fuhr, schlug sie die Zeitung auf, in der eine Meldung auf einer der letzten Seiten ihre Aufmerksamkeit weckte. In dem kurzen Artikel war die Rede von der Leiche einer jungen Afrikanerin, die am Tag zuvor in einem einsamen Waldgebiet im Nordspessart gefunden worden war. Die Obduktion habe ergeben, dass die Ermordete bereits seit einigen Tagen in dem idyllischen Tal in der Nähe der Gemeinde Neuengronau gelegen habe, bevor ein Jäger sie durch Zufall entdeckt habe. Judith fühlte sich an Ayleen erinnert, hielt es jedoch für unwahrscheinlich, dass es

17

einen Zusammenhang zwischen ihr und dem Fall der unbekannten Toten gab, deren Namen noch niemand kannte.

Um sechs Uhr abends kam Désirée, wie zuvor angekündigt, auf die Station im Zentrum für Innere Medizin, nachdem Judith Ayleen am Tag zuvor von einer Freundin erzählt hatte, die aus Zimbabwe stamme und ihre Sprache spreche. Daraufhin hatte Ayleen Judith gefragt, ob sie diese Bekannte kennenlernen könne, zumal sie kein Deutsch beherrsche und nur eingeschränkt in der Lage sei, sich auf Englisch auszudrücken.

Als Judith und Désirée Ayleens Zimmer betraten, hatte Ayleen gerade zu Abend gegessen.

Judith stellte Ayleen Désirée vor und verabschiedete sich kurz darauf, weil sie zu einer anderen Patientin gerufen wurde.

»Dein Name ist Désirée ...«, sagte Ayleen.

»Ja ... Woher genau kommst du?«, fragte Désirée.

»Aus Mashava.«

»Ich auch. Vielleicht sind wir uns in der Vergangenheit schon einmal begegnet, ohne es zu wissen. Ich bin allerdings schon vor 17 Jahren nach Deutschland ausgewandert.«

»Da war ich gerade einmal neun Jahre alt. Ich bin erst vor ein paar Wochen, Anfang September, hierhergekommen.«

Désirée nickte und fuhr fort: »Ich war übrigens vor einer Woche in Mashava.«

»Wolltest du Verwandte besuchen?«

»Mittlerweile leben leider nur noch wenige entfernte Familienmitglieder dort, die ich kaum kenne. Es war eine Urlaubsreise, aber ich wollte natürlich auch meine alte Heimat endlich einmal wiedersehen ... Freilich habe ich dann doch eine ehemalige Schulfreundin getroffen, die mir erzählt hat, dass sich eine meiner Cousinen vor einiger Zeit nach Deutschland aufgemacht hat.«

»Wie ist dein Familienname?«

»Mbeke.«

In diesem Augenblick huschte ein Lächeln über Ayleens Gesicht, und sie antwortete:

»Meiner auch, und ich glaube, die Cousine bin ich.«

»Mein Gott, wer hätte geglaubt, dass wir uns mehr als zehntausend Kilometer von Mashava entfernt hier in Frankfurt unter solchen Umständen kennenlernen würden?«

»Es ist ein fast undenkbarer Zufall ...«

»Das stimmt. Aber vielleicht sind gerade solche außergewöhnlichen Wendungen des Schicksals mehr als reiner Zufall.«

»Ja, wer weiß?«, erwiderte Ayleen mit einem melancholischen Gesichtsausdruck und fuhr nach einem Augenblick fort: »Du lebst schon seit 17 Jahren in Deutschland ... Mich würde interessieren, warum du nach Europa gekommen bist und was du hier erlebt hast.«

Daraufhin berichtete Désirée Ayleen ausführlich von der Vorgeschichte ihrer Auswanderung, von ihrem Flug nach Frankfurt, der sie innerhalb weniger Stunden in eine fremde Welt versetzt hatte, und von ihren Erfahrungen in der neuen Heimat.

»Ich sehe, auch deine ersten Jahre hier waren nicht immer einfach«, sagte Ayleen, als Désirée ihre Erzählung beendet hatte.

»Ja«, entgegnete Désirée. »Aber ich fürchte, dass es dir viel schlimmer ergangen ist ... Ich, meine Freundin Judith und die Ärzte hier würden gerne wissen, was dir zugestoßen ist und wie du hierher ins Krankenhaus gekommen bist.«

»Ich bin beinahe froh, dass du mir diese Frage stellst, auch wenn es mir schwerfällt, sie zu beantworten ...« Nachdem Ayleen einen Schluck Wasser getrunken hatte, fuhr sie nach einer kurzen Pause fort: »Ich war gerade 26 Jahre alt geworden, als ich mich allein auf die Reise gemacht habe. Meine Eltern waren beide über 50, und eine Auswanderung kam für sie nicht mehr in Frage. Mein Vater hatte in einem Goldbergwerk gearbeitet, das vor einigen Jahren schließen musste, und war arbeitslos. Danach hielten meine Eltern und ich uns mit Gelegenheitsarbeiten auf Bauernhöfen mehr schlecht als recht über Wasser, und wir wussten nicht, wie es weitergehen sollte. Da fand ich eines Tages im Internet ein Angebot, in dem von einem attraktiven, gut bezahlten Job in Europa die Rede war. Außerdem hieß es, dass sogar die Reisekosten übernommen würden und dass nach unserer Ankunft für die Unterbringung gesorgt sei. Besondere Fähigkeiten oder eine Ausbildung seien nicht notwendig, und für die Verständigung reichten einfache englische Sprachkenntnisse. Ich hatte eigentlich von Anfang an ein ungutes Gefühl, aber trotzdem habe ich mich langsam mit dem Gedanken angefreundet, auf dieses Angebot einzugehen. Ich hoffte, dass ich in Europa eine Perspektive und die Aussicht auf ein besseres Leben finden würde und dass ich auch meine Eltern ein wenig würde unterstützen können. Da ich ihr einziges Kind war, fiel es ihnen nicht leicht, mich gehen zu lassen, aber schließlich haben sie doch schweren Herzens zugestimmt. Daraufhin habe ich mich mit dem Anbieter in Verbindung gesetzt und schließlich einen Vertrag abgeschlossen, in dem es hieß, dass die Kosten der Reise vorgestreckt würden und dass ich in Deutschland eine Beschäftigung sowie eine angemessene Unterkunft erhalten würde. Zwar machten mich manche Formulierungen im Vertragstext misstrauisch, aber ich glaubte, angesichts unserer miserablen Lage keine Wahl mehr zu haben, und hörte nicht auf meine Intuition, die mich davor warnte, diesen Schritt zu tun. Nachdem ich die Vereinbarung unterschrieben hatte, bekam ich die Mitteilung, dass ich mich zur Abreise an einem Treffpunkt in Harare einfinden sollte.

Als Anfang August der gefürchtete Tag gekommen war, habe ich mich tief niedergeschlagen und fast verzweifelt von meinen Eltern und meinen Freundinnen verabschiedet, obwohl ich versucht habe, nach außen hin Hoffnung und Optimismus zu verbreiten, auch um mir selbst Mut zuzusprechen. Dann bin ich gegen Mittag mit dem Bus nach Harare gefahren, wo ich in einem schäbigen, dreckigen Hotel eine letzte, schlaflose Nacht in der Heimat verbracht habe, bevor ich am nächsten Morgen zur Sammelstelle ging. Dort warteten bereits drei junge Frauen, zu denen kurz darauf noch zwei weitere stießen, so dass wir insgesamt zu sechst waren. Nach etwa einer halben Stunde kam ein junger Mann, der uns zu einem in der Nähe abgestellten Kleintransporter führte und uns anschließend zum Flughafen brachte. Dort bestiegen wir am Abend ein heruntergekommen wirkendes Flugzeug einer obskuren Billigfluggesellschaft, deren Namen ich noch nie gehört hatte. Während des Starts sah ich, dass Flammen aus einem der Triebwerke schlugen, und hatte den Eindruck, dass das Flugzeug nur langsam an Höhe gewann. Meine Nachbarin und ich sahen uns an, und wir hielten uns an den Händen, weil wir beide um unser Leben fürchteten. Schließlich jedoch erlosch das Feuer, und wir flogen die ganze Nacht hindurch, bevor wir im Morgengrauen in Lagos landeten. Wir hatten angenommen, dass wir dort in ein Flugzeug nach Europa umsteigen würden, und waren zutiefst entsetzt, als wir nach der Landung erfuhren, dass wir von Lagos aus unsere Reise auf dem Land- und Seeweg fortsetzen würden. Ein Beauftragter der Organisation, mit der ich den Vertrag geschlossen hatte, brachte uns anschließend in eine große Sammelunterkunft, wo mehrere hundert junge Männer und Frauen untergebracht waren, die alle auf dem Weg nach Europa waren. Am nächsten Morgen wurden wir dann einer größeren Gruppe zugeteilt und machten uns in einem Bus auf den langen Weg nach Norden. Nachts schliefen wir in billigen Unterkünften, die manchmal vor Ungeziefer wimmelten, und in Zelten, in denen wir uns nicht sehr sicher fühlten, weil wir Angst vor Überfällen hatten. Nach mehreren Tagen schließlich wichen die anfangs dichten Wälder langsam, aber sicher der Wüste, und wir wussten, dass wir die Sahara erreicht hatten. Da die Sandpisten für die Busse zunehmend unpassierbar wurden, stiegen wir in geländegängige Fahrzeuge um, in denen wir zusammengequetscht wie Sardinen in sengender Sonne weiter nach Nordwesten fuhren, während wir wegen des oft beinahe ungenießbaren Essens stetig an Gewicht verloren. Nachdem wir mehrere Tage unterwegs gewesen waren, wurde unser Fahrzeug immer langsamer und blieb schließlich stehen, während die anderen Jeeps des Konvois vorausgefahren waren. Der Fahrer erklärte uns, dass wir irgendwie unseren Weg zum Endpunkt der Etappe finden müssten, wo wir dann ein anderes Fahrzeug besteigen würden. Unsere Gruppe bestand aus sechs Männern und sechs Frauen, die jetzt alle eine lange Wanderung antreten mussten, deren Ziel wir vielleicht nie erreichen würden. Glücklicherweise war ich noch immer mit den fünf Frauen zusammen, die ich in Harare getroffen hatte. Mit einer von ihnen, Tadisa, die ebenfalls aus Mashava stammte, schloss ich in diesen Tagen eine enge Freundschaft. Wir versuchten uns gegenseitig zu trösten und teilten unsere Wasservorräte miteinander. Trotzdem wurde in der quälenden Sommerhitze der Durst schnell unerträglich, und ein rasender Kopfschmerz machte mir und meinen Kameradinnen jeden Schritt beinahe zur Hölle. Manchmal glaubte ich, in der Ferne die Silhouette einer Oase zu erkennen, doch wurde mir sofort klar, dass das grüne Paradies nichts als ein grausames Trugbild war, das mich meine Verzweiflung nur noch stärker empfinden ließ. Es war beinahe eine Erlösung, als die Sonne langsam unterging und die Nacht anbrach, die wir unter freiem Himmel verbrachten, nachdem wir zuvor noch ein wenig von unserem verbleibenden Wasser getrunken hatten. Als die anderen eingeschlafen waren, lag ich noch lange wach und betrachtete den Sternenhimmel und die Milchstraße, die ich in solcher Klarheit noch nie gesehen hatte. Inmitten all der Ungewissheit vermittelte mir der Anblick ein Gefühl der Geborgenheit und eine Ahnung von der Größe, ja Unendlichkeit des Alls, die meine gegenwärtige Lage in anderem Licht erscheinen und mich schließlich auch mehrere Stunden Schlaf finden ließ. Als wir am nächsten Tag unsere Wanderung durch die Wüste fortsetzten und die Sonne immer höher stieg, fürchtete ich zum ersten Mal, verdursten zu müssen, weil unser Wasser fast aufgebraucht war, obwohl Tadisa und ich alles teilten, was wir hatten, und so sparsam wie möglich mit dem Rest umgingen. Manchmal spürte ich, dass ich der Ohnmacht nahe war, während die Schmerzen in meinem Kopf wüteten, als ob ein scharfer Dorn in meinen Schädel eindränge und sich langsam in mein

Gehirn bohrte. Nachdem ich lange Zeit auf den gleißenden Sand vor mir geblickt hatte, hob ich schließlich den Kopf und richtete meine Augen nach vorne auf ein Bild, das ich nie vergessen werde. Vor uns erhob sich ein Wald aus haushohen Kakteen, die uns ihre mit armlangen, scharfen Stacheln bewehrten Arme entgegenstreckten, deren Dornen bald wie Raubtierzähne unsere Körper zerfleischten, bis wir blutend zusammenbrachen. Das Nächste, woran ich mich erinnere, war Tadisa, die neben mir kniete, während sie mir ihr letztes übriges Wasser einflößte und mich beruhigte, bis ich begriff, dass meine Wahrnehmung eine Halluzination gewesen war. Als ich schließlich in der Lage war, wieder aufzustehen, konnten wir gerade noch die Gruppe einholen, die inzwischen ihren Weg fortgesetzt hatte. Tadisa und ich stützten uns gegenseitig, bis wir mit allerletzter Kraft am Nachmittag eine Ansammlung kleiner Behausungen erreichten, wo ein neues Fahrzeug auf uns wartete, das freilich genauso klapprig wirkte wie das vorhergehende, so dass wir ständig fürchteten, mitten in der bedrohlichen Einsamkeit unseren Weg wieder zu Fuß fortsetzen zu müssen. Uns war klar, dass eine zweite Panne wahrscheinlich unser Ende bedeuten würde, weil viele von uns einen weiteren Marsch durch die Wüste nicht überleben würden, zumal wir nur wenig Wasser bekommen hatten. Beinahe wider Erwarten hielt der Jeep jedoch drei Tage lang durch, bis der Fahrer uns mitteilte, dass wir nicht mehr weit von der Küste entfernt seien. Uns allen war ziemlich mulmig zumute, weil wir wussten, dass wir uns auf dem Gebiet der Westsahara befanden und dass das Land als unsicher galt. Die Nächte verbrachten wir zu viert in Zelten, die eigentlich gerade genug Platz für zwei Personen boten, so dass Tadisa und ich nach beinahe schlaflosen Nächten am nächsten Tag hundemüde waren. Immerhin blieben uns Überfälle erspart und wir überlebten auch diesen Teil unserer Reise durch die Sahara, obwohl wir nachts angsterfüllt auf die Geräusche der nächtlichen Wüste und all die Gefahren achteten, die sich hinter ihnen verbergen mochten. Knapp vier Tage nach dem Ende unserer beinahe tödlichen Wanderung erreichten wir schließlich eine kleine Hafenstadt, wo wir erfuhren, dass wir von hier aus in Booten auf die Kanarischen Inseln übersetzen würden.

Am nächsten Morgen wurden wir zum Strand gefahren, wo schon einige hundert Migranten aus Afrika warteten. Es dauerte etwa eine Stunde, bis wir zusammen mit einer weiteren Gruppe ein Boot bestiegen, das uns zur Insel Fuerteventura bringen sollte. Wir hatten kein gutes Gefühl, weil wir wussten, dass die Kanarischen Inseln fast 200 Kilometer von der Küste der Westsahara entfernt waren und dass die Fahrt über den Atlantik in einem dieser Boote sehr gefährlich war, auch wenn uns versichert wurde, dass wir bei Fuerteventura von einem Rettungsschiff aufgenommen werden würden. Als wir alle dicht gedrängt in dem eher kleinen Boot saßen, das durch das Gewicht der vielen Menschen tief im Wasser lag, wurde der Außenbordmotor angelassen, und nach kurzer Zeit war kein Land mehr zu sehen. Mit zunehmender Entfernung von der Küste wurde der Seegang stärker, und die Wellen erreichten bald eine Höhe von fast zwei Metern. Obwohl ein junger Mann in unserer Nähe uns zu beruhigen versuchte, indem er uns zu verstehen gab, dass an diesem Tag gutes Wetter herrsche und der Atlantik vergleichsweise ruhig sei, hatten Tadisa und ich Angst um unser Leben und klammerten uns an die Sitzbank, um nicht von einer großen Welle über

Bord gespült zu werden. Nach gut einer halben Stunde wurde uns speiübel und wir erbrachen immer wieder, auch wenn die Seekrankheit Tadisa und mich glücklicherweise nicht so schlimm erwischt hatte wie viele andere. Zudem brannte die Sonne vom Himmel und machte uns benommen, obwohl wir uns mit unseren Kleidungsstücken so gut wie möglich zu schützen versuchten. Mehrmals wurde mir schwarz vor Augen, und ich sah mich in meiner Phantasie schon unter Wasser inmitten des finsteren Ozeans und auf dem Weg zum Meeresgrund wie wahrscheinlich so viele andere vor und nach uns, bis Tadisa mich wachrüttelte und mir zurief, ich solle nicht einschlafen. Als sich die Sonne dem Horizont näherte, verstummte schließlich der Lärm des Motors, vermutlich weil die Maschine ihren Geist aufgegeben hatte oder das Benzin ausgegangen war, und wir trieben, hilflos den Wellen und Strömungen preisgegeben, durch die aufgewühlte See. Tadisa und ich umarmten einander in unserer Verzweiflung und hofften, beinahe wider alle Vernunft, dass unsere Fahrt trotz allem doch noch ein gutes Ende nehmen würde. Nach einiger Zeit aber wich unsere Angst einer tiefen Gleichgültigkeit und einem traumlosen, todesähnlichen Schlaf, bis wir in der Morgendämmerung des nächsten Tages erwachten. Bevor unsere trostlose Lage jedoch wieder ganz in unser Bewusstsein drang, bemerkten wir ein Schiff, das sich uns rasch näherte. Wenig später wurden wir in der Tat von einer Patrouille der spanischen Küstenwache an Bord genommen und zum Hafen von Puerto del Rosario gebracht, wo wir medizinisch untersucht wurden und zum ersten Mal seit zwei Wochen genug zu essen und zu trinken bekamen. Tadisa, ich und die anderen vier Frauen, die von Harare aus aufgebrochen waren, hatten stark an Gewicht verloren und waren dehydriert, aber ansonsten körperlich unversehrt, auch wenn die Gefahren und die Ungewissheit erste tiefere Spuren in unserer Seele hinterlassen hatten. Einige Tage später brachte uns ein spanisches Flugzeug von Fuerteventura in eine Aufnahmeeinrichtung in der Nähe von Madrid, wo wir zunächst registriert wurden und einige Tage in einem Mehrbettzimmer verbrachten, das ich mit Tadisa und den vier anderen Frauen aus unserer Gruppe teilte. Danach begann dann unser Weg nach Frankfurt, und es war gut, dass ich noch nicht wusste, was mich dort erwartete ...«, sagte Ayleen und fuhr fort: »Ich bin im Augenblick sehr müde und würde gerne morgen weitermachen, zumal mich die Erzählung meiner Erlebnisse in Frankfurt viel Überwindung kosten wird.«

»Ja, natürlich«, erwiderte Désirée und versprach Ayleen, am nächsten Tag wiederzukommen, bevor sie ihr eine gute Nacht wünschte und sie zum Abschied umarmte.

Als Désirée am folgenden Tag Ayleens Krankenzimmer betrat, war Ayleen froh und erleichtert, sie zu sehen, weil Désirées Anwesenheit ihr ein verzweifelt ersehntes Gefühl der Sicherheit und Geborgenheit vermittelte.

Nachdem Désirée sich auf einen Stuhl neben ihrem Bett gesetzt hatte, sagte Ayleen:

»Du willst sicher wissen, wie meine Geschichte weitergeht, und auch für mich wird es eine Erleichterung sein, mit dir darüber zu sprechen, auch wenn es nicht einfach werden wird, weil diese Erinnerungen zutiefst verletzend und bedrohlich sind.«

Daraufhin ergriff Désirée Ayleens rechte Hand, und Ayleen antwortete mit einem dankbaren Lächeln, bevor sie fortfuhr:

»Nach etwa einer Woche in der Aufnahmeeinrichtung kam ein etwa 40-jähriger Mann zu uns, der den Frauen unter uns mitteilte, dass wir am nächsten Tag nach Deutschland weiterfahren würden, wo die versprochene Arbeit und die Unterkunft auf uns warteten. Wir alle wussten nicht, was uns genau bevorstand, als wir früh am Morgen einen alten Reisebus bestiegen, dessen verbeulte Karosserie zeigte, dass er bereits einige Unfälle hinter sich hatte. Während der langen Fahrt nahm ich zum ersten Mal seit meiner Ankunft auf Fuerteventura die Landschaften Europas wirklich bewusst wahr: die mediterranen Wälder und Berge Spaniens, die tief eingeschnittenen Täler der Pyrenäen, die felsigen Küsten und Buchten Südfrankreichs und schließlich, nach einer unruhigen Nacht im engen Sitz des Busses, die Vogesen, die Rheinebene und die Mittelgebirge Süddeutschlands. Nachdem wir gegen Abend in einem Industriegebiet im Osten Frankfurts angekommen waren, wurden wir für die erste Nacht in einem Haus einquartiert, das wie ein heruntergekommenes ehemaliges Bürogebäude wirkte, in dem ein Matratzenlager mit 50 bis 60 Schlafplätzen eingerichtet worden war. Am nächsten Tag sollten wir dann aufgeteilt und zu unseren künftigen Arbeitsplätzen gebracht werden, wo wir, wie es hieß, auch wohnen würden. Tadisa und ich verbrachten die Nacht nebeneinander auf unseren verdreckten Matratzen, und wir waren beide tief niedergeschlagen, weil wir wussten, dass wir am folgenden Tag wahrscheinlich voneinander getrennt würden, und nicht zuletzt weil wir beide von einer düsteren Vorahnung erfüllt waren. Unsere Befürchtungen bestätigten sich am nächsten Morgen, als wir nach und nach von unseren Arbeitgebern abgeholt wurden. Ich kam als eine der Ersten an die Reihe und hatte kaum

Zeit, mich von Tadisa zu verabschieden. Wir weinten beide, als wir uns kurz umarmten, bevor ein muskulöser Mann mit Kurzhaarschnitt und einem goldenen Halskettchen mir barsch befahl mitzukommen und mich zu einem Auto brachte, in dessen Fond schon eine andere junge Afrikanerin saß, während der Fahrer, ein junger Mann in einem hellgrauen Anzug, ungeduldig wartete. Als ich der etwa 25-jährigen Frau neben mir ins Gesicht blickte, sah ich in ihren Augen dieselbe Angst, die auch ich empfand, während wir die Frankfurter Innenstadt durchquerten, ohne dass jemand ein Wort sprach. Schließlich bogen wir in die Einfahrt eines Gebäudes im Bahnhofsviertel ein, und der Fahrer stellte den Mercedes im Hinterhof ab, bevor er ausstieg und in einer Eingangstür verschwand. Nachdem auch wir ins Haus gegangen waren, durchquerten wir rasch das Erdgeschoss des Bordells, in dem rötliche Lampen ein gedämpftes Licht verbreiteten, bevor sich eine Metalltür hinter uns schloss und wir über eine Treppe das oberste Stockwerk erreichten. Hier führte uns der etwa 25-jährige, schwarzhaarige Mann mit dem Goldkettchen, der mich abgeholt hatte, zu einem winzigen Zimmer, das kaum größer als eine Abstellkammer war und nur durch ein kleines Dachfenster erhellt wurde. Der Raum enthielt keine Möbel außer einem alten Kleiderschrank und zwei Matratzen, die nebeneinander auf dem Boden lagen. Nachdem wir unsere Taschen abgestellt hatten, in denen sich unsere gesamte Habe befand, zeigte uns der Mann, der ein ausgewaschenes blaues T-Shirt trug und dessen Arme von oben bis unten tätowiert waren, das fensterlose, mit einem Waschtisch, einer verkalkten Dusche und einer Toilette ausgestattete kleine Bad, das als Waschgelegenheit für die sechs Bewohnerinnen des

Dachgeschosses diente. Anschließend brachte er uns in einen Raum im Parterre, wo er uns einem durchtrainierten, etwa 40-jährigen, schwarzhaarigen Mann in einem dunklen Anzug mit offenem Hemd und einer fast gleichaltrigen blonden Frau in Jeans und Kapuzensweatshirt vorstellte, die uns beide von oben bis unten musterten und einander kurz ansahen, bevor die Frau uns nach unseren Namen und unseren Herkunftsländern fragte. Dabei erfuhr ich, dass die junge Afrikanerin, mit der ich das Zimmer teilte, Lucy hieß und aus Nigeria stammte. Danach forderte der 40-jährige Mann, der von der Frau mit dem Namen Milhan angesprochen wurde, Lucy und mich auf, ihm unsere Pässe auszuhändigen. Als wir zögerten und einen Einwand vorbringen wollten, sagte Milhan zu dem jungen Mann, der uns unser Zimmer gezeigt hatte: »Dragan, hol ihre Pässe!« Daraufhin packte Dragan uns an den Handgelenken und zwang uns, ihn nach oben zu begleiten und ihm unsere Pässe zu übergeben. Anschließend gab er uns beiden eine Ohrfeige und sagte: »Milhan, Sandy und mir gehorcht man sofort und bedingungslos! Merkt euch das!« Als ich Lucy ansah, wusste ich, dass sie, wie ich, rasende Wut empfand, aber wir spürten, dass, für den Augenblick zumindest, Aufbegehren sinnlos war, und folgten Dragan wieder nach unten, wo Sandy, die blonde Frau in Milhans Büro, zu uns sagte: »Ihr werdet zunächst im Reinigungsdienst arbeiten, bis ihr für andere Aufgaben reif seid ... Ihr wisst natürlich, dass ihr zunächst das Geld für eure Reise nach Europa abverdienen müsst, das wir bezahlt haben. Bis dahin und auch danach seid ihr unser Eigentum, das wir nicht so leicht hergeben werden ... Denkt also besser gar nicht daran, abzuhauen. Es würde euch sehr leid tun!« Dann fuhr sie, zu Dragan gewandt, fort:

»Zeig ihnen ihre Arbeit!« Daraufhin führte uns Dragan zu einem Abstellraum, in dem Putzutensilien untergebracht waren, und deutete auf zwei andere junge Frauen:»Das sind Svetlana und Julia, eure beiden Kolleginnen. Ihr seid dafür verantwortlich, dass das ganze Haus immer picobello sauber ist. Zunächst werdet ihr im zweiten und dritten Stock arbeiten ... Lasst euch von Julia und Svetlana alles erklären!« Nachdem wir Julia und Svetlana, zwei knapp 30-jährige, dunkelhaarige Frauen aus Russland, kurz kennengelernt hatten, zeigten sie uns die Räume, die wir reinigen sollten und die zum Teil von der vorhergehenden Nacht noch völlig verdreckt waren. Die Arbeit war hart und anstrengend, da wir in nur drei Stunden beide Stockwerke saubermachen mussten, damit die Räume am Nachmittag wieder zur Verfügung standen. Als wir gegen halb eins fertig waren, beurteilte Sandy das Ergebnis unserer Arbeit und war glücklicherweise halbwegs zufrieden. Danach bekamen wir zusammen mit Julia und Svetlana eine kleine Mahlzeit, die allerdings nur aus ein paar Nudeln mit ein wenig Tomatensoße bestand und uns nicht satt machte, zumal wir schon seit Wochen unter Hunger und Mangelernährung litten. Nach der kurzen Mittagspause mussten wir uns wieder an die Arbeit machen und im Empfangsraum des Bordells Gläser und Geschirr abräumen und Tische abwischen, wenn die Kunden mit den Prostituierten in den Zimmern verschwunden waren, die wir ebenfalls zwischendurch reinigen mussten, wenn gerade keine Freier da waren. Erst kurz nach elf Uhr abends konnten wir nach oben gehen, wo wir Svetlana trafen, die eine kurze Pause machen durfte, bevor ihre Arbeit wieder begann, weil sie zusammen mit Julia bis sechs Uhr morgens Nachtdienst hatte. Svetlana lächelte kurz, als sie uns sah, und fragte uns, woher wir kämen und wie wir nach Frankfurt gekommen seien. Dann erzählte sie uns, dass auch sie in einer schwierigen Lage auf eine Offerte eingegangen sei, in der eine gut bezahlte Arbeit in Westeuropa nebst freier Verpflegung und Unterkunft versprochen worden sei. Dann fuhr sie fort: »Als ich dieses Bordell sah, wusste ich, dass meine schlimmsten Ängste wahr werden würden, aber es war zu spät ... Wenn man einmal hier ist, gibt es so leicht keinen Weg zurück, denn allen Neuankömmlingen werden sofort die Pässe abgenommen. Außerdem sprechen die meisten Frauen, wie ich und wahrscheinlich auch ihr, kein Deutsch, und wir kennen Deutschland nicht oder kaum ... Und wer zu fliehen versucht, wird wieder eingefangen und brutal mit Schlägen und Essensentzug bestraft. Sandy erzählt gerne Geschichten von Frauen, die versucht haben wegzulaufen und irgendwo weit entfernt von Frankfurt wieder aufgelesen wurden. Am Ende sagt sie dann oft mit sadistischem Grinsen Sätze wie: ›Sie haben es bitter bereut.‹ In den zwei Monaten, die wir hier sind, hat es deshalb auch noch niemand probiert, auch nicht Nadja und Majda, eine Russin und eine Bosnierin, die außer Julia, mir und euch beiden noch hier im Dachgeschoss wohnen. Sie arbeiten als Prostituierte und halten diese Arbeit nur mit Hilfe von Drogen aus. Wenn sie nach oben kommen, spritzen sie sich für die Nacht Heroin oder Fentanyl und sind dann nicht mehr ansprechbar. Es geht ihnen immer schlechter ... Julia und ich haben uns geschworen, nie Drogen zu nehmen, aber wer weiß, wie lange wir diesen Vorsatz durchhalten würden, wenn wir den halben Tag und die ganze Nacht Freier bedienen müssten? Bis jetzt haben wir glücklicherweise nur als Putzfrauen gearbeitet, aber es kann uns jederzeit treffen, wie euch auch. Oft werden die Frauen gefügig gemacht, indem sie vergewaltigt werden oder indem ihnen auch gegen ihren Widerstand Drogen gespritzt werden. Wenn sie auf die eine oder andere Weise abhängig geworden sind, müssen sie noch das Geld für die Drogen verdienen, zusätzlich zur Miete für die Zimmer. Auf diese Weise endet ihr Sklavendasein nie ... Es tut mir leid, dass ich euch auf all das vorbereiten muss, aber es ist nun mal leider die bittere Wirklichkeit hier.«

Als Svetlana sah, dass ich den Tränen nahe war, umarmte sie mich und sagte: »Wir werden tun, was wir können, um euch zu helfen, aber leider sind wir in der Regel machtlos.«

Nachdem ich einige Augenblicke später das erste Entsetzen überwunden hatte, spürte ich, wie zunehmende Wut in mir aufstieg. Ich hätte am liebsten den offenen Aufstand geprobt und alles kurz und klein geschlagen, aber ich wusste, dass ich mich beherrschen und irgendwie einen Ausweg suchen musste. Als ich kurz darauf Lucy ins Gesicht blickte, sah ich, dass auch sie von wildem Zorn erfüllt war. Ihre Rebellion war geradezu mit Händen zu greifen. Schließlich sagte Svetlana:

»Natürlich können wir euren Hass und eure Wut verstehen. Aber seid vorsichtig!«

Ich wusste, dass sie recht hatte, und nickte kurz, bevor Svetlana uns nochmals kurz umarmte und anschließend ins Bad ging, um zu duschen, weil ihre Pause bald darauf endete.

Am nächsten Tag waren wir für die Sauberkeit im ganzen Haus verantwortlich, weil Julia und Svetlana wieder Nachtdienst hatten und vormittags schliefen. Erst nachdem wir die meisten Räume saubergemacht hatten, kamen sie gegen vier Uhr, um uns zu helfen. Um fünf

Uhr war schließlich nur noch ein Zimmer übrig, das Svetlana als sehr speziell bezeichnete:

»Hier empfängt Sandy ausgewählte, sehr gut zahlende Kunden mit besonderen Wünschen.«

Als wir die Tür öffneten, betraten wir einen rot tapezierten, bizarr eingerichteten Raum, der mit Peitschen und allerlei Geräten ausgestattet war, die an mittelalterliche Folterinstrumente erinnerten. Neben zahlreichen Zangen, Nadeln und Metalldornen beeindruckte mich vor allem eine mannshohe Holzfigur, deren Inneres mit langen Stacheln bestückt war. Nachdem wir den Raum kurz mit einer Mischung aus Ekel und Verwunderung in Augenschein genommen hatten, begannen wir den Boden und nicht zuletzt die Geräte zu reinigen, was eine gewisse Zeit in Anspruch nahm, weil an manchen dieser Instrumente Blut haftete und wir die vielen Dornen und Peitschen einzeln abwischen und desinfizieren mussten. Das galt auch für die Stacheln der Eisernen Jungfrau, wie Svetlana die mannshohe Figur nannte. Nachdem wir fertig waren, kam wie zufällig Sandy herein und inspizierte das Zimmer, wobei sie das Innere der Holzfigur besonders genau untersuchte. Anschließend sah sie Lucy und mich an und sagte mit einem diabolischen Gesichtsausdruck: »Dieses Gerät sieht ziemlich beeindruckend aus, oder? ... Es sollte euch jeden Tag daran erinnern, was euch bevorsteht, wenn ihr hier den Mund aufmacht oder zu fliehen versucht. Vor sechs Monaten ist eine eurer Vorgängerinnen abgehauen, aber sehr zu ihrem Leidwesen haben wir sie bald wieder eingefangen. Nachdem wir sie entsprechend bearbeitet hatten, hat sie dann auf Knien um Gnade gebettelt und um Bestrafung gebeten ... Was also auch immer geschieht, haltet lieber die Klappe und tut, was wir sagen!«

Nachdem Sandy gegangen war, sagte Svetlana zu uns:

»Milhan ist ein eiskalter Geschäftsmann. Sandy dagegen hat eine starke sadistische Ader. Sie weidet sich regelrecht an der Angst ihrer Opfer und genießt ihre Ohnmacht, vor allem wenn sie versucht haben aufzubegehren und ihr Wille gebrochen ist. Sie spürt eure Wut und wird alle Mittel aufbieten, um euren Widerstand zu ersticken. Wenn sie keinen Erfolg hat, weiß niemand, was geschieht ... Auch ich verabscheue sie, Milhan und die anderen Zuhälter, aber ich hoffe, dass ich bald in ein anderes Bordell oder in eine Diskothek geschickt werde, wo die Verhältnisse wenigstens etwas besser sind. Ich glaube, das ist unter diesen Umständen das Beste, was ich erwarten kann. Wie gesagt, ich habe volles Verständnis für euch, aber wenn man zu unvorsichtig ist, kann die Situation schnell außer Kontrolle geraten.«

»Danke für deine Unterstützung«, erwiderte ich, doch als ich Lucy ansah, die kein Wort sagte, spürte ich ihren grenzenlosen, kaum zu beherrschenden Zorn und empfand eine finstere Ahnung dessen, was sie und auch mich erwartete, denn ich wusste, dass auch ich mich dieser Grausamkeit nicht würde fügen können.

Als wir gegen Mitternacht in unserem Zimmer allein waren, sagte Lucy:

»Ich hasse diese Leute aus tiefster Seele und würde am liebsten das ganze Bordell in die Luft sprengen.«

»Mir geht es genauso«, antwortete ich. »Aber Svetlana hat nicht unrecht. Wir müssen warten, bis sich eine günstige Gelegenheit bietet. Das ist unsere einzige Chance.«

»Ich kann das einfach nicht. Es hätte heute Nachmittag nur wenig gefehlt, dass ich auf Sandy losgegangen wäre.«

»Ich weiß, wie du dich fühlst, und wir werden uns

gegenseitig helfen, egal was passiert«, antwortete ich und umarmte Lucy kurz, bevor wir zu Bett gingen.

In dieser Nacht wurde ich lange von lauten Geräuschen wachgehalten, die nicht nur aus den unteren Stockwerken zu kommen schienen, wo in den frühen Morgenstunden oft besonders viel los war. Schließlich aber fand ich längere Zeit Schlaf und sah mich in die Traumwelt versetzt, der ich bereits in der Sahara begegnet war. Während wir die Wüste durchwanderten, sprossen plötzlich überall um uns herum Kakteen. Auch unter unseren Füßen spürten wir ihre scharfen Stacheln, die das Gehen zur Qual werden ließen. Die Pflanzen wuchsen rasch und verwandelten sich in einen Wald von monströsen Gebilden, deren meterlange Dornen sich von allen Seiten in unsere Körper bohrten. Ich wand mich vor Schmerzen, während ein riesiger Stachel in meinen Rücken eindrang und, begleitet von einem Blutschwall, vorne wieder austrat. Gleichzeitig näherte sich ein weiterer Dorn meiner Brust, doch ich erwachte schreiend, bevor er mich erreichte. Es dauerte einige Augenblicke, bis mir klar wurde, dass es nur ein Alptraum gewesen war und dass ich offenbar unter anderem den Anblick der Eisernen Jungfrau in Sandys bizarrem Raum in ihm verarbeitet hatte. Nachdem ich einige Zeit später wieder eingeschlafen war, fand ich glücklicherweise noch ein paar Stunden Ruhe, bevor wir gegen sieben Uhr aufstehen mussten.

Als wir ins Bad gingen, um zu duschen, waren wir entsetzt von dem Anblick, der uns dort erwartete, denn der ganze Raum war über und über mit Blut, Exkrementen und Erbrochenem bedeckt. Svetlana und Julia, die bald darauf nach oben kamen, bestätigten uns, was wir bereits geahnt hatten. Nadja und Majda, die zu diesem

Zeitpunkt beinahe ohnmächtig in ihren Betten lagen, hatten eine hohe Dosis an Drogen konsumiert und sich daraufhin immer wieder übergeben. Schließlich waren sie im Bad zusammengebrochen und hatten offenbar erst nach Stunden den Weg in ihr Zimmer gefunden. Nachdem wir zu viert über eine Stunde damit verbracht hatten, das völlig verdreckte Bad sauberzumachen, konnten Lucy und ich gerade noch rechtzeitig duschen, bevor wir unseren Dienst antreten mussten. Kurz zuvor warfen wir noch einen Blick in Nadjas und Majdas Zimmer und sahen die zwei halbtoten jungen Frauen in ihren Betten liegen. Der Raum war von einem bestialischen Gestank erfüllt, der von den ausgemergelten, schmutzverkrusteten Körpern der beiden ausging. Wir blickten einander voller Entsetzen an, bevor Svetlana sagte: »Sie werden nicht mehr lange leben ... Der Tod wird für sie eine Erlösung sein.« Als ich kurz darauf Lucy ins Gesicht sah, bemerkte ich wieder jenen Ausdruck rasender Wut, die auch ich verspürte.

Während wir wenig später mit der Reinigung der Räume beschäftigt waren, betrat Sandy eines der Zimmer und inspizierte alles sehr genau. Dieses Mal fand sie ziemlich viel auszusetzen und drohte uns Konsequenzen an, falls die Sauberkeit nicht ihren Anforderungen entspräche. Bevor sie den Raum verließ, sah Lucy sie mit jenem hasserfüllten Blick an, der zum Ausdruck brachte, was auch ich empfand. Für den Bruchteil einer Sekunde bohrten sich Sandys und Lucys Blicke regelrecht ineinander, und eine düstere Vorahnung streifte meine Seele, die sich in der Nacht bestätigte. Kurz nachdem wir gegen elf Uhr abends in unser Zimmer gegangen waren, betraten Sandy, Dragan und drei weitere mit Stöcken bewaffnete Zuhälter den Raum. Ohne dass jemand ein Wort gesprochen hätte, stürzten sich die vier Männer auf uns und traktierten uns mit ihren Schlagstöcken. Es hat unsagbar wehgetan, und wir schrien beide vor Wut und Schmerzen. Nachdem Sandy und die vier Zuhälter das Zimmer verlassen hatten, lagen wir beide wimmernd in unseren Betten und waren kaum in der Lage, uns auch nur umzudrehen. Mein ganzer Körper und vor allem mein Rücken fühlten sich an wie eine einzige große Wunde, und es dauerte mehrere Stunden, bis die Schmerzen langsam nachließen. Wir trösteten und umarmten uns gegenseitig, fanden aber trotzdem in dieser Nacht so gut wie keinen Schlaf. Morgens um sieben Uhr kam Dragan und befahl uns aufzustehen und innerhalb einer Dreiviertelstunde mit der Reinigung der Räume zu beginnen. Da wir uns kaum bewegen konnten, arbeiteten wir sehr langsam, und Dragan trieb uns immer wieder an, bevor Sandy mit sadistischem Grinsen unseren Zustand und die Sauberkeit der Zimmer begutachtete. Am nächsten Vormittag ging es uns zwar ein wenig besser, aber wir waren noch immer stark erschöpft, und fast jeder Schritt war qualvoll und schmerzhaft. Dennoch hielten wir durch und schafften es, irgendwie unser Pensum zu erfüllen. An diesem Tag bemerkte ich, dass Sandy uns gelegentlich beobachtete und sich anscheinend Gedanken über uns machte, die nichts Gutes verhießen. Gegen zwei Uhr nachmittags bekamen wir, wie üblich, unser Mittagessen, das schon zuvor unseren Hunger nie wirklich gestillt hatte, weshalb wir ab und zu einiges vom dem gegessen hatten, was die Freier auf ihren Tellern übrigließen. Dieses Mal jedoch war die Portion noch kleiner und bestand nur aus einigen Kartoffeln und einem fast ungenießbaren Stück Fleisch voller Knochen und Knorpel. Als wir später in der Küche Reste von den abgeräumten Tellern zu essen versuchten, kam sofort eine Küchenhilfe und nahm uns alles weg. Offenbar hatte das Personal die Anweisung bekommen, darauf zu achten, dass wir uns nicht zusätzlich etwas zu essen beschafften. Auch das Abendessen, das nur zwei Scheiben Toastbrot, ein Stückchen Margarine und etwas Marmelade umfasste, war nicht mehr als eine Hungerration. In den folgenden Tagen und Nächten ließen zwar unsere Schmerzen nach, doch machte uns der Hunger immer mehr zu schaffen, so dass wir oft nur wenig Schlaf fanden. Um uns abzulenken und nicht in Hoffnungslosigkeit zu verfallen, erzählten Lucy und ich einander vieles über unser Leben, und ich erfuhr, dass Lucy mit mehreren Partnern zusammengelebt hatte, dass aber keine ihrer Beziehungen je Bestand gehabt hatte, so dass sie schließlich allein als Putzfrau und Küchenhelferin ihren Lebensunterhalt verdienen musste. Als sie am Ende ihre kleine Wohnung in Lagos verlor und auf der Straße schlafen musste, ging sie, wie so viele andere, in ihrer Not auf ein Angebot ein, in dem scheinbar verlockende Versprechungen gemacht wurden. Auf ihrem Weg nach Europa hatte sie dann auf derselben Route wie ich die Sahara durchquert und schließlich in einem völlig überladenen Boot die Kanarischen Inseln erreicht, bevor ein anderer Bus sie am selben Tag wie mich nach Frankfurt brachte. Lucy war ein wenig größer als ich und wirkte trotz der schlechten Ernährung während der Reise durch die Sahara und im Bordell noch immer ziemlich athletisch, weil sie seit ihrer Jugend intensiv Kampfsport betrieben hatte. Leider spürte sie jedoch vielleicht gerade deshalb den Hunger noch stärker als ich, zumal unsere Rationen in den nächsten zwei Wochen noch weiter gekürzt wurden und uns ein bohrendes Gefühl im Magen manchmal schier zum Wahnsinn trieb. Vor allem aber fühlten wir uns immer schwächer und konnten das hohe Arbeitstempo, das von uns verlangt wurde, nicht mehr einhalten. Kurz bevor ihre ersten Kunden kamen, überprüfte Sandy am späten Nachmittag gerne ihre Folterkammer und sah uns dabei mit einem Ausdruck unverhohlener Befriedigung an, während die Mangelernährung zunehmend ihre Spuren hinterließ. Trotz allem war unser Wille ungebrochen, und vor allem Lucys Hass auf Sandy wuchs ins Unermessliche. Fast jeden Abend überlegten wir gemeinsam, wie wir aus dem Bordell fliehen könnten. Freilich wurden alle Ausgänge rund um die Uhr bewacht oder waren verschlossen. Selbst die Tür, die von der Küche zum Hinterhof führte, war gesichert, und es war nahezu unmöglich, die Küche zu durchqueren, ohne vom Personal entdeckt zu werden, das ganz offenkundig den strikten Befehl hatte, Prostituierte oder Reinigungskräfte wie uns an der Flucht zu hindern. Wir wussten, dass wir nicht mehr lange warten konnten, doch auch in den seltenen Augenblicken, in denen sich eine Gelegenheit zu bieten schien, tauchten sofort wieder Angestellte des Bordells auf und machten jede Hoffnung auf ein Entkommen zunichte. Als uns der Hunger jedoch zunehmend verzweifeln ließ, wurde klar, dass vor allem Lucy ihre Wut nicht mehr lange würde beherrschen können.

Eines Abends, als Sandy wieder ihren bizarren Raum inspizierte, geschah dann, was unvermeidlich war. Sandy hatte an diesem Tag besonders viel zu beanstanden und sah uns gleichzeitig mit offener sadistischer Freude von oben bis unten an, während Lucys Gesichtsausdruck zeigte, dass sie dieses Mal zu allem entschlossen war. Plötzlich ließ sie sich fallen, stürzte sich nach vorne, rammte der völlig verblüfften Sandy ihre rechte Schulter in den Bauch, umklammerte ihre Beine, warf sie zu Boden, so dass sie schließlich halb auf Sandy lag, und schlug ihr immer wieder mit der Faust ins Gesicht. Es dauerte etwa eine halbe Minute, bis drei Zuhälter, von Sandys Schreien alarmiert, in den Raum stürmten und Lucy mit roher Gewalt von Sandy trennten. Ich versuchte zwar noch, Lucy beizustehen, konnte aber gegen die drei kräftigen Männer nichts ausrichten. Als Sandy sich mit Unterstützung der Zuhälter schließlich stark benommen aufrappelte, wurde deutlich, dass Lucys Schläge ganze Arbeit geleistet hatten. Aus Sandys offenbar gebrochener Nase und aus ihrem Mund quoll Blut, ihre Augen waren zugeschwollen, und ihr Gesicht war von klaffenden Platzwunden und Blutergüssen übersät. Nach wenigen Augenblicken freilich griffen zwei der Zuhälter uns an den Armen und zwangen uns, ihnen nach oben zu folgen, wo wir unter Bewachung in unserem Zimmer auf unser Schicksal warteten.

Nach etwa einer Stunde kamen Milhan und Dragan, und unsere Bestrafung begann. Zusammen mit den beiden Zuhältern, die auf uns aufgepasst hatten, schlugen sie uns zunächst mit Stöcken, bevor die vier Männer sich auf Lucy stürzten. Obwohl sie Lucy zu viert festzuhalten versuchten, gelang es ihr mit unglaublicher Geschicklichkeit immer wieder, sich herauszuwinden. Leider konnte ich ihr nicht helfen, weil ich zu sehr geschwächt war und wegen der Prügel unter starken Schmerzen litt. Schließlich stand einer der Zuhälter auf und schlug Lucy mit seinem Stock mehrmals auf den Kopf, bis sie halb bewusstlos war. Dann griffen sie zwei der Männer und führten sie zusammen mit Milhan und Dragan aus dem Zimmer. Ich hörte noch, wie sie Lucy die Holztreppe hinunterschleiften, die ins Dachgeschoss führte, bevor die Geräusche im Lärm des Bordells untergingen. Ich war nicht in der Lage, mich zu rühren, und verbrachte allein eine schlaflose Nacht, bis Dragan um sieben Uhr erschien und mir befahl aufzustehen. Als ich kurz darauf zur Arbeit gehen wollte, gab er mir auf der steilen Treppe plötzlich von hinten einen heftigen Stoß, so dass ich mehrere Stufen hinunterstürzte. Als ich versuchte, mich am Geländer hochzuziehen, tat vor allem mein rechter Arm unglaublich weh. Gleichzeitig versetzte Dragan mir mehrere heftige Tritte in den Rücken, so dass ich zusammenbrach und ohnmächtig wurde. Als ich wieder zu mir kam, lag ich in meinem Zimmer und dämmerte vor mich hin. Zu essen bekam ich an diesem Tag nichts, aber immerhin konnte ich nach längerer Zeit trotz der Schmerzen vor lauter Erschöpfung mehrere Stunden schlafen, bevor am nächsten Tag gegen Mittag Dragan wieder erschien und mich zwang, mit ihm nach unten zu gehen, wo ich mit Julias Hilfe die Bordellräume reinigen sollte, obwohl ich mich kaum auf den Beinen halten konnte. Außerdem tat mein rechter Arm noch immer ungeheuer weh, und ich fürchtete, dass er gebrochen sein könnte, auch wenn von außen keine Anzeichen eines Knochenbruchs erkennbar waren. Als ich Julia fragte, wo Lucy sei, sah sie mir nur wortlos ins Gesicht und schüttelte den Kopf. Ich war tief traurig und machte mir keine Illusionen darüber, was mit ihr geschehen war. Gleichzeitig wusste ich, dass ich nicht mehr länger zögern durfte, sondern alles auf eine Karte setzen musste, egal wie groß die Gefahr war.

Gegen Abend kam schließlich auch Svetlana, die an diesem Tag frei hatte und der sogar gestattet worden war, für einige Stunden das Bordell zu verlassen. Da ich an diesem Tag wieder nichts zu essen bekommen hatte, gab mir Svetlana ihre Portion, die ich, beinahe irrsinnig vor Hunger, gierig verschlang. Nachdem Svetlana und Julia mir voller Mitleid zugesehen hatten, sagte Svetlana: »Gegen halb zwei nachts machen der Koch und seine Leute eine kleine Pause, rauchen im Hof eine Zigarette und trinken anschließend in einem kleinen Raum neben der Küche einen Kaffee. Der Koch hat ein Auge auf mich geworfen ... Mal sehen, was sich machen lässt. Vielleicht kann ich ihn zu einem Schnaps einladen, auch wenn es mich eine gewisse Überwindung kostet ... Wir wissen, was du durchmachst, und werden tun, was wir können, damit du nicht so endest wie Lucy«, sagte Svetlana und umarmte mich kurz, während ich mich mit tränenerstickter Stimme bedankte.

Nachdem ich um elf Uhr ins Dachgeschoss gegangen war, schlich ich mich gut zwei Stunden später wieder nach unten, wo mich glücklicherweise niemand bemerkte, weil Milhan, Dragan und die anderen Zuhälter mit den Kunden und ihren Frauen beschäftigt waren. Wenige Minuten später kam Svetlana, nickte mir kurz zu und ging anschließend in die Küche. Bald darauf hörte ich, wie der Koch mit lauter Stimme zu ihr sagte: »Svetlana, ich liebe dich!«, und sah, wie er einen Arm um ihre Hüfte legte. Svetlana hatte eine Flasche Schnaps mitgebracht, und die beiden gingen zusammen mit den beiden Küchenhelfern in einen Nebenraum, wo Svetlana den drei Männern und sich selbst je ein Glas einschenkte. Während sie tranken, legte der Koch wieder seinen rechten Arm um Svetlanas Hüfte und gab ihr einen Kuss. In diesem Augenblick durchquerte ich rasch die Küche, öffnete leise die Tür zum Hof, die der Koch nach der Rauchpause noch nicht wieder verschlossen hatte, kletterte trotz rasender Schmerzen im Hinterhof auf einen Müllcontainer, stieg über die Mauer und sprang in den angrenzenden Hof einer Diskothek. Glücklicherweise sah mich dort niemand, obwohl ich ein wenig Zeit brauchte, um wieder aufzustehen, weil mir alle Knochen wehtaten. Schließlich jedoch erreichte ich durch den offenen Hof die Straße und lief davon, so schnell wie es mir mit meinen starken Schmerzen möglich war. Es war das erste Mal seit meiner Ankunft, dass ich die Straßen Frankfurts sah, und es fiel mir schwer, mich zu orientieren, doch nachdem ich todmüde etwa eine halbe Stunde ziellos herumgelaufen war, sah ich ein großes Gebäude, von dem ich ahnte, dass es sich um den Bahnhof handelte. Da ich nicht wusste, wohin ich gehen sollte, überquerte ich die Straße und suchte in der Bahnhofshalle einen Platz, wo ich mich ein wenig ausruhen und mir überlegen konnte, was ich als Nächstes tun sollte. Zuerst setzte ich mich völlig erschöpft in ein kleines Wartehäuschen, wo mir die wenigen Reisenden, die zu dieser Stunde unterwegs waren, außer ein paar verstohlenen Blicken keine Aufmerksamkeit schenkten. Zwar war es mir mit Svetlanas Hilfe wider alle Erwartung gelungen, aus dem Bordell zu fliehen, doch war ich noch lange nicht in Sicherheit. Ich sprach kein Deutsch und kannte das Land nicht. Wer weiß, wie die Polizei reagieren würde, wenn sie mich entdeckte? Vielleicht würde ich verhaftet oder in das Bordell zurückgeschickt. Deshalb versuchte ich, jeden Kontakt zu Polizisten oder Uniformierten zu vermeiden, und verließ das Wartehäuschen wieder, als ich den Eindruck hatte, dass ich den Argwohn eines Bahnangestellten geweckt hatte. Nach einigen Minuten des Herumirrens ließ ich mich schließlich auf einer Bank neben einem Bahnsteig im hinteren Bereich der Bahnhofshalle nieder. Kurze Zeit später setzte sich eine junge Frau mit verklebten hellbraunen Haaren und blutunterlaufenen blauen Augen neben mich, die wirkte, als ob auch sie einen Ort zum Ausruhen suchte, ohne aufzufallen. Sie war leicht benommen, und ihre rechte Hand war mit einem schmutzigen Verband umwickelt, der an mehreren Stellen blutverschmiert war. Wir sahen einander an und wussten, dass wir beide in einer ähnlich schwierigen Lage waren. Schließlich fragte sie mich auf Englisch, wo ich lebte und was mit mir geschehen sei. Ich erzählte ihr, dass ich aus einem Bordell weggelaufen sei und keine Bleibe hätte. Daraufhin antwortete sie:»Du kannst zu uns kommen ... Wir sind zwar alle drogen-abhängig und immer auf der Suche nach dem nächsten Schuss, aber du hättest zumindest für eine oder zwei Nächte ein Dach über dem Kopf.« Wir empfanden beide eine unmittelbare Sympathie füreinander, und ich ver-traute ihr, zumal ich verzweifelt war und nicht wusste, wohin ich gehen sollte. So folgte ich ihr zu einer U-Bahn-station unter dem Bahnhof, wo wir nach längerem Warten einen Zug bestiegen und etwa eine Viertelstunde fuhren, ohne dass uns jemand kontrolliert hätte. Anschließend liefen wir durch einige Straßen, bevor wir kurz nach drei Uhr morgens eine alte, verfallene Villa erreichten, die inmitten eines großen Gartens im Osten der Stadt lag, wahrscheinlich nicht weit von dem Gebäude entfernt, wo ich meine erste Nacht in Frankfurt verbracht hatte. Das Haus war düster und unheimlich, und es hatte eine merkwürdige Besonderheit, nämlich einen unbewohnt wirkenden Turm im Garten, der unten eher breit war und sich nach oben verjüngte, so wie der Turm in der Einfriedung von Groß-Zimbabwe. In den Zimmern des Hauses selbst standen außer ein paar Tischen und Stühlen fast keine Möbel. Die Räume waren verdreckt und wurden nur von einigen wenigen Glühbirnen erhellt, die von der Decke baumelten. Neben manchen der Matratzen, auf denen die Bewohner schliefen, lagen Spritzen auf dem Boden, und die einstmals prachtvollen Tapeten hingen halb heruntergerissen von den Wänden. Ich hatte Angst und fühlte mich wie ausgeliefert, aber ich hatte keine Wahl und musste zumindest für ein paar Nächte bleiben. Immerhin mochte ich Ina, wie die junge Frau hieß, die ich am Bahnhof kennengelernt hatte und mit der ich jetzt ein Zimmer teilte, und spürte, dass ich ihr vertrauen konnte. Sie holte eine noch halbwegs saubere Matratze und legte sie neben die ihre, bevor wir zu Bett gingen und todmüde einschliefen.

Als ich am späten Nachmittag des folgenden Tages aufwachte, lag Ina neben mir im Drogenrausch, und es dauerte einige Stunden, bis sie wieder ansprechbar war. Obwohl ich zwölf Stunden geschlafen hatte, fühlte ich mich noch immer zutiefst erschöpft und unwohl. Als ich in einem Spiegel an der Wand meinen Körper betrachtete, fiel mir auf, wie stark ich inzwischen abgemagert war. Vor allem meine Rippen und meine Wangenknochen traten deutlich hervor wie das Skelett eines vom baldigen Tod gezeichneten Hungeropfers. Trotz der Mangelernährung der letzten Wochen und Monate empfand ich jedoch keinen Hunger, sondern eher Abscheu vor jeder Nahrung und jedweder Flüssigkeit. Als ich auf die Toilette ging, war ich nicht in der Lage, Urin auszuscheiden, und ahnte, dass durch die Schläge und Tritte meine Nieren geschädigt waren.

Nachdem Inas Rausch gegen acht Uhr abends nachgelassen hatte, fragte sie mich nach meinen Erlebnissen im Bordell, und ich erzählte ihr alles, was mir seit meiner

Abreise aus Zimbabwe widerfahren war. Schließlich antwortete sie: »Wir alle hier sind krank und haben Schlimmes erlebt, aber das, was dir passiert ist, stellt alles in den Schatten.« Anschließend fragte ich sie, wie es ihr ergangen sei. Daraufhin berichtete sie mir, dass ihr Vater gestorben sei, als sie sechs Jahre alt gewesen sei, und dass sie seinen Tod nie verwunden habe, zumal ihr Verhältnis zu ihrer Mutter schlecht und von heftigen Konflikten, ja sogar körperlicher Misshandlung geprägt gewesen sei. »Nach dem Abitur habe ich dann zwei Semester Medizin studiert, wie meine Mutter sich das gewünscht hatte, aber ich litt unter schweren Depressionen und Angstzuständen und musste das Studium abbrechen. Schließlich habe ich angefangen, Drogen zu nehmen, und dann ging alles ganz schnell. Ich wurde abhängig, und meine Mutter wollte nichts mehr mit mir zu tun haben. Nachdem sie mir jede Unterstützung entzogen hatte und ich mein Studium nicht hatte weiterführen können, war ich zunächst zwei Wochen lang obdachlos. In der Drogenszene habe ich dann Claudia kennengelernt, die in einem der anderen Zimmer wohnt. Sie hat mir von diesem Haus erzählt und mir angeboten mitzukommen. Da ich keine andere Wahl hatte, bin ich dann hier eingezogen, obwohl dieses verfallene Gemäuer mich depressiv macht und in mir tiefe Ängste weckt. Wir leben hier zu sechst, vier Frauen und zwei Männer, die alle drogensüchtig sind. Da es mehr als genug Platz gibt, haben wir alle ein eigenes Zimmer, aber ich bin froh, dass du hier bist, denn alleine bin ich manchmal dem Wahnsinn nahe.«

Ich sah sie an und versuchte, ihr mit meinen Blicken ein wenig Trost zu spenden. Dann sagte ich: »Auch ich empfinde dieses Haus als bedrohlich ... Was sagen eigentlich die Eigentümer dazu, dass ihr hier lebt? Ich kann mir nur schwer vorstellen, dass ihr regulär zur Miete wohnt.«

»Nein, sicher nicht«, antwortete sie.»Die anderen haben diesen verlassenen Ort einfach in Beschlag genommen. Die Besitzer leben offenbar weit weg in Übersee, und niemand interessiert sich für diese Villa. Wahrscheinlich versuchen die Eigentümer, das Haus zu verkaufen, aber möglicherweise findet sich kein geeigneter Käufer. Außerdem ist die Lage hier in der Nähe des Ostbahnhofs nicht besonders attraktiv. Vielleicht ist es aber auch die Atmosphäre, die Interessenten abschreckt. Man spürt, dass auf diesem Haus ein Fluch lastet ... Es soll früher einer Arztfamilie gehört haben, die es dann aus irgendeinem Grund aufgeben musste. Auf jeden Fall verbreitet alles hier den Hauch des Todes, und ich wäre froh, wenn ich nicht mehr hier wohnen müsste. Ich halte es in dieser Umgebung nur im Drogenrausch aus und werde langsam, aber sicher irrsinnig.«

»Ich verstehe dich«, sagte ich und umarmte Ina, die sich bald darauf wieder Heroin spritzen musste.

In dieser Nacht lag ich stundenlang wach, obwohl ich hundemüde war. Ich fühlte mich zunehmend krank und schwach, und außerdem hielt mich die Beklemmung wach, die ich sofort empfunden hatte, als ich diese Villa zum ersten Mal sah. Sie war die ganze Nacht von fremdartigen Geräuschen erfüllt, beinahe so, als ob die ehemaligen Bewohner nachts zurückkehrten und den Lebenden zeigen wollten, dass dieser Ort ihnen gehörte. Erst am Vormittag schlief ich ein und erwachte, wie am Tag zuvor, am späten Nachmittag. Wieder war ich nicht in der Lage, etwas zu mir zu nehmen, und fühlte mich elend. Auch Ina hatte bemerkt, dass es mir schlecht ging, und als ich ihr eingehender von den Schlägen und Tritten berichtete, nahm sie meinen Körper genauer in Augenschein und sagte: »Du bist furchtbar abgemagert ... So etwas habe ich selbst in der Drogenszene noch nie gesehen. Deine Haut ist voller Striemen und Blutergüsse, und an den Beinen bilden sich Ödeme. Dass du weder essen noch trinken und auch keinen Urin ausscheiden kannst, gefällt mir gar nicht. Das können die Anzeichen eines Nierenversagens sein ... Du musst dringend ins Krankenhaus. Leider will hier niemand einen Notarzt sehen, weil meine Mitbewohner Angst haben, dass dann die Polizei anrückt. Ich würde gerne mit dir in die Klinik fahren, aber leider geht das nicht, weil ich bald den nächsten Schuss brauche. Das Einzige, was ich tun kann, ist, dir eine der Fahrkarten für die U-Bahn zu geben, die ich für Notfälle in Reserve habe, und dir zu erklären, wie du die Uniklinik findest.«

Ich wusste, dass sie recht hatte, und ging deshalb dankbar auf ihren Vorschlag ein. Daraufhin erklärte mir Ina anhand einer Skizze, wo sich die Universitätsklinik befand und wo ich aussteigen musste, und gab mir vorsichtshalber eine ihrer letzten Fahrkarten für den öffentlichen Nahverkehr. Zum Schluss sagte sie noch: »Du musst keine Angst vor den Ärzten haben. Niemand wird dich verhaften oder ins Bordell zurückschicken ... Das Entscheidende ist, dass du so schnell wie möglich Hilfe bekommst.«

Ich nickte und umarmte Ina, die bis zu ihrer nächsten Dosis Heroin nicht mehr lange warten konnte.

Gegen drei Uhr morgens verließ ich dann schließlich das Haus, in dem ich mich auf unerklärliche Weise gerade nachts von einer unheimlichen Macht verfolgt fühlte, und ging zur nächsten U-Bahnhaltestelle. Da ich unter zunehmender Benommenheit litt, fuhr ich leider an der Hauptwache vorbei, wo ich hätte umsteigen müssen, und fand mich danach unweit des Hauptbahnhofs wieder. Ich geriet in Panik, weil ich wusste, dass ich in der Nähe des Bordells war, und wollte nur weg von diesem Ort. Trotzdem erinnerte ich mich an Inas Skizze und versuchte, halbwegs dem aufgezeichneten Weg zu folgen, obwohl mein Bewusstsein immer mehr zu schwinden begann. Irgendwie muss ich es dann gerade noch geschafft haben, auch wenn ich nicht mehr weiß, wie ...«

»Du hast nur knapp überlebt ... Mein Gott, deine Erlebnisse sind so furchtbar, dass man sich so etwas normalerweise kaum vorstellen könnte«, antwortete Désirée und umarmte Ayleen.

»Was mir hier widerfahren ist, hat selbst die Grenzen meiner Vorstellungskraft gesprengt, obwohl ich kein gutes Gefühl hatte, als ich mich auf die Reise machte.«

»Glücklicherweise hast du dich schon ein wenig erholt und bist nicht mehr in Lebensgefahr, aber du wirst noch eine ganze Weile im Krankenhaus bleiben müssen.«

»Was meinst du, wie wird es danach weitergehen?«, fragte Ayleen.

»Du und Lucy seid Opfer schwerer Verbrechen geworden«, erwiderte Désirée. »Das heißt, dass du zunächst mit der Polizei über deine Erlebnisse sprechen solltest. Wie Ina schon gesagt hat, brauchst du keine Angst zu haben, bestraft oder gar den Zuhältern übergeben zu werden.«

»Das ist sehr beruhigend ... Eigentlich bin ich es vor allem Lucy schuldig, dafür zu sorgen, dass diese Leute zur Rechenschaft gezogen werden.«

»Ja ...«, entgegnete Désirée.

In diesem Moment betrat Judith den Raum und fragte Ayleen, wie es ihr gehe.

»Immer besser«, antwortete Ayleen und fuhr fort: »Ich habe Désirée erzählt, was mir passiert ist.«

»Ich und meine Kollegen würden uns natürlich auch dafür interessieren, zumal es uns helfen würde, wenn wir Ihre Geschichte kennen.«

Daraufhin berichtete Ayleen mit Désirées Hilfe Judith von dem, was ihr zugestoßen war. Anschließend fragte Judith Ayleen, ob sie ihre Kollegen und auch die Polizei informieren dürfe, worauf Ayleen mit einem Nicken antwortete.

Nachdem Désirée und Judith sich einige Zeit später von Ayleen verabschiedet hatten, sagte Judith zu Désirée: »Es ist eine schreckliche Geschichte, die wir uns nie hätten träumen lassen, auch wenn wir hier viele schlimme Fälle sehen.«

»Ja ... Selbst ich hätte so etwas nicht für möglich gehalten«, erwiderte Désirée und fragte: »Wirst du die Polizei verständigen?«

»Ja, natürlich. Ich glaube, dass es Ayleen wichtig ist, einmal abgesehen davon, dass wir eigentlich ohnehin dazu verpflichtet wären.«

»Stimmt«, antwortete Désirée und fuhr fort: »Ich werde natürlich auf jeden Fall mit Ayleen in Kontakt bleiben und öfter hierherkommen.«

»Das wird ihr sehr guttun ... Wir werden uns dann also in den nächsten Wochen öfter sehen.«

»Ja«, erwiderte Désirée mit einem Lächeln, bevor sie das Krankenhaus verließ.

Am nächsten Tag informierte Judith, wie angekündigt, die Polizei, und kurz darauf kamen zwei Kriminalpolizisten, denen Ayleen mit Désirées Unterstützung von den Verbrechen berichtete, deren Opfer sie geworden war. Anschließend erwähnte einer der Ermittler die Leiche der Afrikanerin, die kurz zuvor im Spessart gefunden worden war, und bat Ayleen, die Tote anhand eines Fotos zu identifizieren, das er auf seinem Tablet gespeichert hatte. Als Ayleen das Bild sah, nickte sie stumm und bestätigte, dass es sich um ihre Kameradin aus dem Bordell handelte. »Wie ist sie gestorben?«, fragte Ayleen. »Sie wurde erschossen. Wahrscheinlich handelte es sich beim Fundort auch um den Tatort«, erwiderte der Polizist, während Ayleen leise weinte.

»Leider erleben wir Derartiges nicht so selten, obwohl so schwere Fälle glücklicherweise nicht alltäglich sind«, sagte einer der beiden Polizisten zum Schluss und fuhr fort: »Wir werden uns sofort darum kümmern.«

In der Tat las Judith einige Tage später in der Zeitung einen längeren Bericht über den Fall und das Ende des Bordells. Milhan, Dragan und zwei andere Zuhälter waren verhaftet worden. Auch Sandy wurde festgenommen, während sie benommen in ihrem Bett lag, und sofort in ein Krankenhaus gebracht, wo festgestellt wurde, dass sie durch Lucys Schläge eine schwere Hirnblutung erlitten hatte. Noch am selben Abend fiel sie ins Koma und starb am nächsten Tag. Das Bordell wurde geschlossen. Weiter wurde darüber berichtet, dass es auch in anderen Bordellen und Diskotheken Verhaftungen gegeben habe und dass auch dort Opfer von Menschenhandel befreit worden seien.

Als etwa eine Woche später eine junge Afrikanerin Ayleens Krankenzimmer betrat, erkannte Ayleen sie sofort. Es war Tadisa, die nicht weit von Ayleen entfernt in einer Diskothek hatte arbeiten müssen und jetzt in einer Unterkunft am Stadtrand lebte. Die beiden Frauen waren glücklich, sich wiederzusehen, und erzählten einander von ihren Schicksalen. Tadisa war entsetzt von dem, was Ayleen ihr berichtete, und sagte, dass es ihr weniger schlimm ergangen sei, obwohl auch sie jeden Tag bis zu 15 Stunden Sklavenarbeit habe verrichten müssen. Bis zu Ayleens Entlassung aus dem Krankenhaus erhielt sie fast jeden Tag Besuch von Tadisa und Désirée, die ihr versprachen, sich nach dem Ende ihres Krankenhausaufenthalts um sie zu kümmern.

Einige Wochen nach Ayleens Entlassung trafen sich Rebecca, Christian, Judith, Désirée und Ayleen in Rebeccas und Christians Wohnung, und Ayleen, die mittlerweile mit Tadisa in einem Doppelzimmer in der Unterkunft in der Nähe des Flughafens wohnte, erzählte Rebecca und Christian ausführlich von ihren Erlebnissen und ihren Plänen für die Zukunft. »Zunächst muss ich Deutsch lernen und dann sehen, wie es weitergeht und welche Ausbildung für mich in Frage kommt. Ich träume davon, irgendwann in der Zukunft Germanistik zu studieren und Schriftstellerin zu werden. Aber bis dahin wird es sicher noch lange dauern«, sagte Ayleen zum Schluss.

»Wie ich dich kenne, bist du genauso ausdauernd und dickköpfig wie ich und lässt dich von nichts so leicht beirren«, erwiderte Désirée.

»Das stimmt«, sagte Ayleen, und beide lachten, bevor sie sich kurz darauf von Judith, Rebecca und Christian verabschiedeten.

Nachdem wenig später auch Judith ins Krankenhaus gefahren war, sagte Rebecca zu Christian:

»Ich glaube, ich weiß jetzt, an welches Gebäude ich mich erinnert fühlte, als ich den Turm in der Einfriedung von Groß-Zimbabwe gesehen habe.«

»Ich auch. Es ist eine alte Villa in der Nähe des Ost-bahnhofs, die wir aus der Zeit kennen, als ich noch dort in der Gegend gewohnt habe. Das ist schon lange her, und deswegen wussten wir beide nicht auf Anhieb, was es mit diesen Erinnerungen auf sich hatte.«

»Dieses Haus, der Turm und der verwilderte Garten haben auf mich immer zutiefst unheimlich gewirkt«, erwiderte Rebecca.

»Mir ging es genauso«, sagte Christian und fuhr fort: »Es ist möglich, dass Ayleen nicht unrecht hatte, als sie sagte, dass auf dem Haus ein Fluch liegt. Auch die Geschichte von Gebäuden lebt in ihnen weiter ... Vielleicht kann ich mehr darüber herausfinden.«

»Das ist eine gute Idee, obwohl ich fürchte, dass es eine ziemlich düstere Geschichte ist«, antwortete Rebecca und umarmte Christian lange, als ob sie Schutz vor dem Dunklen in ihrer Seele suchte.

Die Villa am Stadtrand

Inmitten wuchernder Büsche und Bäume ragte ein runder Turm aus rötlich-braunen Klinkersteinen in den Himmel, beleuchtet von den Sonnenstrahlen des zu Ende gehenden Frühlingstages. Seine von mehreren Fenstern durchbrochene Außenwand verengte sich nach oben hin, so dass das oberste Stockwerk unter dem schmalen Flachdach nur noch Platz für einen kleineren Raum bot, von dem aus sich zwischen den Wipfeln der Bäume einstmals ein weiter Blick auf den Osten der Stadt eröffnet haben musste. Die ebenfalls mit einer dunkelroten Klinkerfassade versehene dreistöckige Villa, die sich nur wenige Meter entfernt erhob, zeigte, ebenso wie der Turm, deutliche Zeichen des Verfalls. Nicht wenige Steine waren beschädigt und zerbrochen, die hölzernen Rahmen der Fenster morsch und ihre Scheiben getrübt, und zwischen den Dachziegeln klafften an einigen Stellen breite Lücken wie tiefe Wunden einer unerbittlichen Vergänglichkeit, während die Vegetation des ehemaligen Parks die beiden Gebäude mit einer alles verschlingenden Wildnis aus Gestrüpp umgab. Rebecca und Christian wussten aus den Erzählungen ihrer Freundin Ayleen, wie es im Inneren der Villa aussah, die Drogensüchtigen als Zuflucht diente und deren Räume mittlerweile beinahe unbewohnbar geworden waren, zerstört durch das überall eindringende Wasser und einige kleinere Feuer, die durch die Unachtsamkeit der Bewohner entstanden waren. Nachdem die beiden an jenem Sonntagabend Anfang Mai längere Zeit die Villa, den Turm und den Garten betrachtet hatten, liefen sie am Ostbahnhof vorbei am Main entlang zu ihrer Wohnung im Westend, die sie kurz vor Sonnenuntergang erreichten. Während sie bald darauf zu Abend aßen, sagte Rebecca:

»Es ist das erste Mal seit vielen Jahren, dass wir diese Villa gesehen haben. Sie wirkte auf mich heute noch unheimlicher als damals während unserer gelegentlichen Spaziergänge in dieser Gegend.«

»Mir ging es genauso«, antwortete Christian. »Ich habe heute Vormittag nur ganz kurz etwas über das Haus und seine ehemaligen Bewohner gelesen. Es scheint, dass die Villa vor dem Zweiten Weltkrieg einer Arzt- und Unternehmerfamilie gehörte und dass während des Krieges dort für einige Jahre eine Klinik untergebracht war, bevor die Gebäude dann den Angehörigen der ursprünglichen Besitzer zurückgegeben wurden. Ich möchte gerne in den nächsten Tagen mehr über die Geschichte dieser Villa herausfinden, obwohl ich befürchte, dass ihre Vergangenheit ähnlich düster ist wie das Haus und der Garten selbst.«

Rebecca nickte, und Christian umarmte sie lange, bevor sie fortfuhr:

»Ende Mai steht ein Feiertag mit einem verlängerten Wochenende bevor. Wie wäre es mit einem kleinen Ausflug? Nur für ein paar Tage ...«

»Das ist eine gute Idee. Wir haben in den letzten Monaten so viel Zeit mit unserer Arbeit verbracht, dass uns beiden ein wenig Abwechslung guttun würde.«

»Genau. Ich spiele sehr gerne Klavier, aber drei oder vier Tage Pause wären nicht schlecht.«

»In gewisser Weise ist es fast schade, weil ich dir so

gerne zuhöre, aber natürlich hast du recht, und auch ich kann einen kleinen Urlaub ganz gut gebrauchen ... Weißt du schon, wohin du fahren willst?«

»In den Schwarzwald vielleicht? Dort war ich noch überhaupt nie, obwohl ich in Deutschland aufgewachsen bin ... Wir haben schon so viele Reisen gemacht ... in die USA, nach Australien und Südafrika ...«, sagte Rebecca mit einem melancholischen Lächeln, und die beiden sahen einander mit einem Ausdruck tiefer Verbundenheit in die Augen. Schließlich entgegnete Christian:

»Dann ist es Zeit für dich, diese Landschaft kennenzulernen ... Wie du weißt, haben meine Eltern früher oft im Südschwarzwald Urlaub gemacht, und ich war natürlich dabei. Wir könnten das lange Wochenende in Freiburg verbringen und von dort aus einige Abstecher in die Umgebung machen.«

»Diese Idee gefällt mir ... Es ist genau das, was ich mir vorgestellt habe. Die Planung überlasse ich dir, weil du die Gegend gut kennst.«

»Ich glaube, du wirst nicht enttäuscht sein. Ich weiß, was zu dir passt ...«

»Stimmt«, erwiderte Rebecca und strich mit ihrer rechten Hand über Christians Haar.

Innerhalb der nächsten zwei Wochen plante Christian, wie er es Rebecca versprochen hatte, ihren Kurzurlaub im Schwarzwald und brachte mehr über die Geschichte der Villa in der Nähe des Frankfurter Ostbahnhofs in Erfahrung. Eines Abends Mitte Mai erzählte er ihr schließlich, was er herausgefunden hatte:

»Die Villa wurde kurz vor dem Ende des 19. Jahrhunderts gebaut und gehörte einer jüdischen Arzt- und Unternehmerfamilie. Übrigens erinnert der Turm nicht ohne Grund an den Turm in der Einfriedung von Groß-Zimbabwe. Die Erbauer des Hauses empfanden eine große Liebe für Afrika und sind oft dorthin gereist. Südafrika und das heutige Zimbabwe haben sie offenbar besonders fasziniert, und deshalb haben sie dann auch beschlossen, in ihrem Garten einen Turm zu errichten, der ganz ähnlich aussah wie der Turm in Groß-Zimbabwe. Dieses runde Gebäude beherbergte ausschließlich private Räumlichkeiten, in die sich die Familie in ruhigen Stunden zurückzog, und unter dem Dach befand sich offenbar eine kleine Bibliothek mit Büchern über Afrika. Leider war dann später mit der Villa eine sehr tragische Geschichte verbunden«, sagte Christian und erzählte Rebecca, dass die meisten Mitglieder der Familie in den dreißiger Jahren rechtzeitig ausgewandert seien, mit Ausnahme eines älteren Arztehepaares, das sein ganzes Leben in Frankfurt verbracht habe und die Stadt nicht mehr habe verlassen wollen.

Mehr als eine halbe Stunde lang hörte Rebecca Christian wie gebannt zu, während er ihr berichtete, was er über das weitere Schicksal der jüdischen Familie und die Geschichte ihres Hauses wusste. Nachdem er seine Erzählung beendet hatte, sagte er:

»Glücklicherweise ist deine Familie Ende der zwanziger Jahre rechtzeitig aus der Ukraine nach Amerika ausgewandert. Ansonsten ...«

»Ich weiß ... Aber heute fühle ich mich hier sehr wohl, obwohl die Gefahr nie ganz vergeht«, antwortete Rebecca und umarmte Christian lange. Nachdem sie einige Zeit seine Hand gehalten hatte, fuhr sie schließlich fort:

»Was machen deine Pläne für unsere Reise in den Schwarzwald?«

»Ich habe mir gedacht, dass wir am Mittwochabend

nach Freiburg fahren und den Donnerstag dort verbringen. Für den Freitag habe ich eine kleine Wanderung am Schluchsee vorgesehen und für den Samstag einen Ausflug auf die Berge rund um Freiburg«, sagte Christian und zeigte Rebecca einige Bilder im Internet.

»Die Berge und der See sind sehr schön. Solche Landschaften gefallen mir ... Der Stausee erinnert mich ein wenig an den Mutirikwi-See in Zimbabwe ... Ich wusste, dass du das Richtige finden würdest, wie immer ...«, erwiderte Rebecca mit einem Lächeln, bevor sie sich auf die Nacht vorbereiteten.

Knapp zwei Wochen später, am Mittwochabend vor dem langen Feiertagswochenende, fuhren Rebecca und Christian, wie geplant, mit ihrem Auto nach Freiburg, wo sie die Nacht in einem kleinen Hotel im Osten der Stadt verbrachten. Am nächsten Tag zeigte Christian Rebecca die Stadt, und anschließend kehrten die beiden an dem sonnigen, lauwarmen Frühlingsabend zu ihrem Hotel zurück, das am Waldrand inmitten einer parkähnlichen Wohngegend lag. Während sie an dem rauschenden Flüsschen entlangliefen, das das Tal östlich der Innenstadt durchzog, sagte Rebecca: »Diese Stadt ist ganz anders als Frankfurt, beinahe idyllisch ...«

»Das stimmt«, erwiderte Christian und fuhr fort: » ... besonders dann, wenn das Wetter so schön ist wie heute. Leider wird es aber wohl nicht so bleiben. Ich habe mir vor ein paar Minuten nochmal die Wettervorhersage angeschaut. Morgen soll es, entgegen der ursprünglichen Prognose, regnerisch sein, bevor dann übermorgen wieder die Sonne scheint. Was meinst du? Sollen wir trotzdem an den Schluchsee fahren?«

»Ja«, erwiderte Rebecca mit einem kurzen Lächeln.

»Wir haben ja wasserfeste Kleidung dabei, und Regenwetter hat auch seinen Reiz.«

»Genau. Vor allem der Schwarzwald wirkt bei windigem, wolkigem Wetter oft leicht melancholisch. Er hat wohl nicht umsonst diesen Namen ...«

Rebecca nickte und antwortete: »Wir mögen beide diese Atmosphäre. Sie weckt in mir ganz eigene Träume und Assoziationen, genauso wie manche Stücke, die ich gerne spiele.«

»Ich weiß«, sagte Christian und umarmte Rebecca.

Bevor sie am nächsten Vormittag aufbrachen, zeigte Christian Rebecca auf einer Karte, welche Route er für ihre kleine Wanderung vorgesehen hatte:

»Wir könnten hier am See entlanglaufen und dann über die Berge zum Parkplatz bei der Staumauer zurückkehren.«

»Das klingt sehr gut. Ich vertraue dir ... Du weißt, was mir gefällt«, entgegnete Rebecca.

Als sie die Stadt verließen, fielen die ersten Tropfen aus den dichten grauen Wolken, die inmitten eines endlosen Stromes von West nach Ost zogen. Nach etwa einer Viertelstunde erreichten sie ein enges Tal, dessen felsige, hoch aufragende Wände sich unmittelbar neben der Straße erhoben und das in Rebecca eine leichte Beklemmung weckte, die erst verschwand, als sie wenig später eine kleine Hochebene erreichten und sich durch ausgedehnte Fichtenwälder dem langgestreckten, von sanft gerundeten Bergkuppen umgebenen See näherten. Manche der Hügel waren von tiefhängenden Wolken verhüllt, aus denen immer wieder längere oder kürzere Schauer fielen. Als Rebecca und Christian den Parkplatz erreichten und sich auf den Weg zum See machten, war es zunächst noch trocken, und beide genossen die Luft des Frühlingstages, nachdem der anfangs starke Wind nachgelassen hatte. Während sie bald darauf die Staumauer überquerten, begann es jedoch anhaltend zu regnen, und Rebecca zog die Kapuze ihrer Regenjacke über den Kopf, bevor sie Christian auf einem schmalen Wanderweg am Ufer des Sees folgte. Bald drangen nur noch das unablässige Geräusch der Regentropfen und die unzähligen kleinen Kreise, die sie auf dem dunklen, fast schwarzen Wasser des von hellgrauen Nebelschwaden bedeckten Sees hinterließen, in ihr Bewusstsein. Langsam und zunächst fast unmerklich traten eine tiefe Ruhe und Leere an die Stelle ihrer Gedanken, bevor schließlich der gleichmäßige Rhythmus ihrer Schritte, der stetig fallende Regen und der Anblick der schwermütigen Landschaft dem Bild einer prachtvollen Villa inmitten eines gepflegten Parks wichen, wo sich im Mai des Jahres 1935 eine jüdische Familie im Dachgeschoss des Turmes neben der Villa versammelt hatte. Der Raum war mit Büchern über das südliche Afrika angefüllt, die die Großeltern an ihre zahlreichen Reisen in diese Gegend erinnerten, über die sie ein kleineres wissenschaftliches Werk verfasst hatten, nachdem Jakob, der 80-jährige Großvater, vor mehr als zwei Jahren seine Augenarztpraxis aufgegeben hatte. Neben ihm und seiner fünf Jahre jüngeren Frau Sarah saßen noch ihre 45-jährige Tochter Judith, ihr drei Jahre älterer Mann David und ihre beiden 16 und 18 Jahre alten Enkelinnen Julia und Daniela an dem runden Tisch in der Mitte des nicht allzu großen Raumes im obersten Geschoss des Turmes. Nachdem sie einige Neuigkeiten aus den letzten Wochen ausgetauscht hatten, sagte Judith, eine eher kleine, zierliche Frau mit langen, dunkelbraunen Haaren:

»Wir sollten jetzt über die Frage sprechen, die uns schon seit längerer Zeit unter den Nägeln brennt, nämlich unsere Auswanderung ... Uns allen fällt es nicht leicht, ernsthaft über dieses Thema nachzudenken, denn wir sind in Frankfurt aufgewachsen und würden gerne hierbleiben, wenn es denn möglich wäre. Leider haben sich freilich die Verhältnisse in den vergangenen zwei bis drei Jahren stetig verschlechtert, und die Bedrohungen nehmen beinahe täglich zu ...« Nach einem Augenblick fuhr sie, zu ihrem Vater gewandt, fort: »Es fing damit an, dass du vor zwei Jahren deine Praxis schließen musstest.«

»Ja«, antwortete Jakob. »Ich war zwar schon 78, aber ich hätte gerne noch weitergearbeitet, wenn ich nicht 1933 aufgrund des sogenannten Gesetzes zur Wiederherstellung des Berufsbeamtentums meine Kassenzulassung und damit viele Patienten verloren hätte. Außerdem kamen schon damals immer weniger Privatpatienten, weil manche den Boykottaufrufen folgten und nicht zuletzt viele sich beinahe selbst bedroht fühlten, wenn sie zu einem jüdischen Arzt gingen. Ich vermisse meinen Beruf noch immer, weil er mir so viel bedeutet hat, aber wie ihr wisst, behandle ich inzwischen nur noch einige wenige jüdische Patienten, soweit es noch geht ... Trotzdem hänge ich an diesem Land und an dieser Stadt, wo ich mein ganzes Leben verbracht habe, und habe den Glauben daran noch nicht verloren, dass sich unsere Lage eines Tages wieder bessern wird und dass diese Zeit des Irrsinns vorübergeht.«

»Wir verstehen dich sehr gut, und auch uns wird es sehr schwerfallen, zu gehen. Aber leider sehen wir zunehmend keine andere Wahl mehr. Nachdem Davids Eltern unser heutiges Unternehmen vor etwa 40 Jahren gegründet hatten, haben sie sich bald auf die Herstellung von medizinischen Geräten und Instrumenten spezialisiert. Die Firma entwickelte sich hervorragend und hat bei ihren Kunden noch immer einen exzellenten Ruf, aber leider machen sich auch bei uns zunehmend die Boykottaufrufe und Einschüchterungsversuche der Nazis bemerkbar. Immer mehr Ärzte und Krankenhäuser sehen sich gezwungen, ihre Ausrüstung von anderen Produzenten zu beziehen, und seit einigen Monaten ...«, sagte Judith stockend.

Daraufhin ergriff David das Wort, der ein wenig größer war als seine Frau und kurze hellbraune Haare hatte:

»Seit einiger Zeit erhalte ich immer wieder Anrufe und Besuche von Nazifunktionären, die unter einem Vorwand Kontakt zu mir suchen und mich auffordern, unser Unternehmen zu verkaufen, begleitet von zutiefst erschreckenden Andeutungen über unsere Zukunft ... Wir halten diese Drohungen mittlerweile kaum noch aus.«

Judith nickte beinahe unter Tränen, bevor ihr Vater antwortete:

»Ich habe natürlich volles Verständnis für euch, aber ich fände es tragisch, wenn ihr all das aufgeben müsstet, was ihr aufgebaut habt.«

»Uns geht es genauso, und auch wir sind tief niedergeschlagen, wenn wir an einen Verkauf der Firma denken. Unglücklicherweise ist die Situation aber mittlerweile so schlimm, dass es wohl nicht anders gehen wird, auch wenn das Ende des Unternehmens für uns nicht nur finanziell einen schweren, kaum wiedergutzumachenden Verlust bedeuten wird«, sagte Judith, bevor David fortfuhr:

»Wir werden natürlich versuchen, mit dem Teil unseres Vermögens, den wir werden retten können, anderswo eine neue Firma aufzubauen, auch wenn es nicht leicht werden wird, weil wir beinahe von vorne anfangen müssen. Wir glauben freilich, dass es besser ist, jetzt diesen Schritt zu tun, statt immer länger zu warten, denn es ist unserer Meinung nach vorhersehbar, dass sich die Bedingungen immer weiter verschlimmern werden und dass wir irgendwann vielleicht überhaupt keine Möglichkeit zur Auswanderung mehr haben werden.«

»Wohin würdet ihr gehen?«, fragte Jakob.

»In die USA. Wir glauben, dass Amerika der einzige halbwegs sichere Ort ist. Im Fall eines neuen Weltkrieges, dessen Ausbruch unserer Ansicht nach nur eine Frage der Zeit ist, werden die Deutschen möglicherweise weite Teile Europas in ihre Gewalt bringen, wie es schon 1914 bis 1918 geschehen ist. Dann säßen wir in der Falle. Bestenfalls würden wir wie Sklaven behandelt, und schlimmstenfalls würden die Nazis nicht davor zurückschrecken, alle europäischen Juden umzubringen, wie es Hitler ja schon angedeutet hat, auch wenn viele diese Warnzeichen nicht ernst nehmen wollen«, erwiderte David.

»Ehrlich gesagt, ich glaube nicht, dass es so weit kommen wird. Immerhin war der Antisemitismus in der Vergangenheit hier nie so schlimm wie etwa in der Ukraine, und selbst im Fall eines Krieges würde ein solch ungeheuerliches Verbrechen bedeuten, dass Deutschland jede Verbindung zur zivilisierten Welt zerstören würde und selbst vom Untergang bedroht wäre. Sogar angesichts der jetzigen Situation halte ich ein solches Szenario eigentlich für unmöglich, zumal ich auch viele Patienten hatte, die all die Boykottaufrufe abstoßend fanden und so lange wie möglich zu mir gekommen sind«, sagte Jakob.

»Wir sind da leider weniger zuversichtlich. Gerade die Deutschen haben eine Tendenz zum Fundamentalismus und neigen dazu, Ideologien bis zum bitteren Ende treu zu bleiben. Wir glauben, dass Hitler und die Nazis meinen, was sie sagen, und dass sie zu allem bereit und fähig sind. Hitler ist ein Verbrecher, wie man schon an seinem Auftreten und seinem Gesichtsausdruck sieht ... Wenn sich sein absurder Traum, eine deutsche Weltherrschaft zu errichten, nicht verwirklichen lässt, wird er nicht davor zurückschrecken, alle Brücken hinter sich abzubrechen, und damit die Deutschen zwingen, ihm in den Untergang zu folgen. Er wird schließlich selbst den Tod seines eigenen Volkes in Kauf nehmen und sogar bewusst herbeiführen, und die Menschen werden ihm gehorchen, teils aus Überzeugung, teils weil sie keine andere Wahl mehr haben«, erwiderte Judith.

»Ihr habt in gewisser Weise leider recht ... Hitler ist ein Politiker, der alle anderen an Rücksichtslosigkeit, Hass und Narzissmus übertrifft. Trotzdem können wir einfach nicht glauben, dass all das nicht vorübergehen wird wie vieles andere auch. Nicht zuletzt können wir Frankfurt nicht einfach verlassen. Wir sind hier aufgewachsen und haben unser ganzes Leben hier verbracht. Zumal in unserem Alter wäre es für uns fast unmöglich, auf einem anderen Kontinent neu anzufangen«, sagte Sarah.

»Wir wissen, wie ihr euch fühlt«, antwortete Judith. »Aber wir spüren auch, wie gefährlich die Lage ist, und wir hoffen beide, dass ihr am Ende doch mit uns kommen werdet, denn es würde uns das Herz brechen, wenn wir euch hier zurücklassen müssten.«

»Wir werden darüber nachdenken«, sagte Jakob und blickte Sarah kurz an, bevor er nach einer Pause fortfuhr:

»Der Verkauf eures Unternehmens wäre für euch sicher nicht einfach ...«

»Nein«, entgegnete David. »Es ist damit zu rechnen, dass wir am Ende keine andere Wahl hätten, als die Firma an einen der zahlreichen Opportunisten zu verkaufen, die jetzt versuchen, sich jüdische Unternehmen billig unter den Nagel zu reißen. Außerdem würden wir durch Steuern und Abgaben einen großen Teil des Verkaufserlöses verlieren.«

»Ihr meint die sogenannte Reichsfluchtsteuer«, sagte Jakob.

»Ja. Hinzu kommt natürlich noch, dass wir das verbleibende Vermögen nicht einfach in die USA transferieren könnten, weil die Ausfuhr von Reichsmark und der Umtausch in Devisen ja praktisch verboten sind und das Geld auf ein Sperrkonto eingezahlt werden müsste. Das Guthaben auf diesem Konto könnte nur mit einem sehr hohen Abschlag von derzeit etwa zwei Dritteln in Dollar umgewechselt werden«, antwortete David.

»Ich habe davon gehört ... Das macht es natürlich noch schwerer, diesen Schritt zu tun«, sagte Jakob.

»Ja, natürlich. Aber Judith und ich glauben, dass all das nur der Anfang ist und dass in den nächsten Jahren nicht nur unser Vermögen, sondern auch unser Leben bedroht sein wird«, erwiderte David.

Jakob senkte den Kopf und sagte nach einem Augenblick: »All das ist uns im Augenblick etwas zu viel ... Wir werden Zeit brauchen, um uns das Ganze durch den Kopf gehen zu lassen.«

»Ja, natürlich«, antwortete Judith und wechselte das Thema, bevor Judith, David und ihre beiden Kinder sich nach einer weiteren Stunde von Sarah und Jakob verabschiedeten.

Nachdem sie in ihrem Haus in der Innenstadt angekommen waren, sagte Judith zu David:

»Es wird für meine Eltern sehr schwer oder vielleicht sogar unmöglich sein, auszuwandern, und für mich und für uns alle wäre ein solcher möglicherweise endgültiger Abschied schrecklich, aber ich fürchte, dass wir um der Kinder willen kaum eine andere Wahl haben.«

»Ich sehe es genauso. Wir können mit Julia und Daniela nicht hierbleiben ... Aber vielleicht können wir deine Eltern doch noch davon überzeugen, mitzukommen, auch wenn ein solcher Schritt in ihrem Alter eine fast unüberwindliche Hürde darstellt.«

Judith nickte, und David umarmte sie lange, bevor er fortfuhr:

»Ich werde in den nächsten Tagen anfangen, nach Käufern zu suchen. Das wird nicht leicht werden und lange dauern ... Hoffentlich nicht zu lange.«

»Ja«, antwortete Judith tief betrübt.

In den nächsten Wochen suchte David in der Tat Kontakt zu Investoren, die Interesse an seiner Firma haben könnten. Schon bald erhielt er die ersten Angebote, die allerdings, wie erwartet, weit unter dem wirklichen Wert des Unternehmens lagen.

»Wie zu befürchten war, bieten die möglichen Käufer Summen, die erheblich niedriger sind, als es dem tatsächlichen Wert entspricht ... Das beste Angebot betrug etwa ein Drittel dessen, was ich für angemessen halte, obwohl meine Schätzung eigentlich sehr konservativ ist«, sagte David eines Abends Mitte Juli zu Judith.

»Wir hatten uns innerlich ja schon darauf vorbereitet«, antwortete sie.

»Ja. Es tut mir in der Seele weh, das erfolgreiche Unternehmen, das meine Eltern aufgebaut haben, auf diese Weise aufgeben zu müssen. Aber wir beide wissen, dass es keinen anderen Ausweg gibt und dass sich die Schlinge auf Dauer immer weiter zuziehen wird ... Im September wird in Nürnberg wieder ein Parteitag stattfinden. Wer weiß, was den Nazis dieses Mal einfällt und wie weit sie gehen werden?«

»Ja ... Es wird Zeit, Deutschland zu verlassen. Ich hoffe noch immer, dass wir Jakob und Sarah doch noch werden umstimmen können.«

»Das hoffe ich auch. Ich bin froh, dass meine Eltern all das nicht mehr miterleben müssen und dass mein Bruder schon vor zwei Jahren in die USA ausgewandert ist«, sagte David und fuhr fort: »Heute Nachmittag habe ich übrigens einen Brief von ihm bekommen. Es geht ihm gut, aber er macht sich natürlich große Sorgen um uns, und auch er hat uns nochmals darum gebeten, mit der Auswanderung nicht zu lange zu warten. Außerdem hat er uns wieder angeboten, bei einem Neuanfang in Amerika zu helfen. Wir werden seine Hilfe gebrauchen können und sie dankbar annehmen«, sagte David.

»Ja ... Immerhin ein Lichtblick in unserer düsteren Lage«, erwiderte Judith.

Anfang September hatte David zwar noch einige weitere Angebote erhalten, doch es waren nicht so viele, wie er es ursprünglich erwartet hatte.

»Ich vermute, dass sich viele potenzielle Käufer mit Angeboten zurückhalten, weil sie hoffen, dass wir bald gezwungen sein könnten, unser Unternehmen noch billiger zu verkaufen. Dabei ist selbst das beste Angebot schon jetzt mehr als unfair.«

»Das stimmt«, entgegnete Judith, und die beiden umarmten sich, um einander zu trösten.

Als David und Judith schließlich am 17. September 1935 die Zeitung aufschlugen, erfuhren sie von den neuen Gesetzen, die zwei Tage zuvor in Nürnberg beschlossen worden waren und von denen sie gerüchteweise schon am Tag zuvor gehört hatten.

»Es ist geschehen, was zu befürchten war. Doch diese Gesetze gehen noch deutlich über das hinaus, was wir erwartet hatten«, sagte David.

»Ja«, erwiderte Judith mit Tränen in den Augen, bevor sie einige Augenblicke später fortfuhr: »Wir dürfen jetzt wirklich nicht länger zögern.«

»Du hast recht. Ich werde jetzt wohl das verhältnismäßig günstigste Angebot annehmen. Wir haben keine andere Wahl mehr. Die Juden werden bald beinahe rechtlos sein und wahrscheinlich in naher Zukunft keine Möglichkeit zur Auswanderung mehr haben ... Und was die Angebote angeht, werden wohl diejenigen recht behalten, die auf noch günstigere Preise hoffen.«

»Das stimmt ... Vor allem aber werden wir in Zukunft um unser Leben und das unserer Kinder fürchten müssen.«

»Ja«, antwortete David, während beide hörten, wie Julia und Daniela aus der Schule nach Hause kamen.

»Es war gut, dass wir die beiden von Anfang an auf eine jüdische Mädchenschule geschickt haben. Dort bleiben ihnen wenigstens Anfeindungen erspart, und sie müssen nicht befürchten, jetzt die Schule verlassen zu müssen«, sagte Judith, bevor Julia und Daniela wenig später das Wohnzimmer betraten.

Beide hatten bemerkt, dass ihre Eltern über die neuen

Gesetze sprachen, und Daniela, die wie ihre Schwester lockige, dunkelbraune Haare hatte, fragte:

»Was bedeuten diese Gesetze für uns? Werden wir jetzt so schnell wie möglich nach Amerika gehen?«

»Ja«, erwiderte David.

»Was wird aus Oma und Opa?«, fragte Julia.

»Wir wissen es nicht«, antwortete Judith und strich mit ihrer rechten Hand über Julias Haar.

Wenige Tage später wandte sich David nach nochmaliger reiflicher Überlegung an den Interessenten, der das beste Angebot abgegeben hatte, und trat in Verhandlungen mit ihm ein, die sich mehrere Wochen hinzogen, weil der Käufer den Preis noch weiter herunterzuhandeln versuchte. Schließlich jedoch unterschrieb David Anfang November den Kaufvertrag und erhielt wenig später die vereinbarte Summe, die auf ein Sperrkonto überwiesen wurde, weil den Behörden mittlerweile bekanntgeworden war, dass David und seine Familie ihre Auswanderung planten.

Am Abend der Vertragsunterzeichnung sagte David zu Judith:

»Es ist dem Verkäufer in Folge der jüngsten Entwicklung gelungen, den Preis noch etwas zu drücken, so dass wir weniger als 30% des geschätzten fairen Unternehmenswertes bekommen.«

»So traurig all das ist angesichts der harten Arbeit, die deine Eltern und wir in dieses Unternehmen gesteckt haben, ist es immerhin besser als nichts. Vor allem aber werden wir unser Leben und das unserer Kinder retten können, und das ist alles, was in dieser Lage wirklich zählt.«

»So ist es«, erwiderte David und fuhr nach einem

Augenblick fort: »Ich hoffe immer noch, dass wir deine Eltern werden überzeugen können mitzukommen.«

»Diese Hoffnung habe ich auch noch nicht völlig aufgegeben, aber ich glaube, ehrlich gesagt, nicht wirklich daran. In ihrem Alter kämen eine Auswanderung und ein neuer Anfang in einem fernen, fremden Land kaum mehr in Frage ... Trotzdem werde ich tun, was ich kann.«

»Ich werde dich natürlich dabei unterstützen, aber ich sehe die Sache leider ähnlich wie du«, antwortete David.

Eine Woche darauf trafen Judith, David und ihre Kinder Sarah und Jakob im Turm ihrer Villa, um mit ihnen über ihre Auswanderung und die Zukunft zu sprechen.

Als sie abends im runden Bibliotheksraum im Dachgeschoss saßen, unterhielten sie sich zunächst ausführlich über die politischen Entwicklungen der vergangenen Wochen und Monate, bevor Judith zu ihren Eltern sagte:

»Wie ihr wisst, ist der Verkauf mittlerweile abgeschlossen, und unsere Auswanderung rückt langsam näher ... Wir hoffen beide noch immer inständig, dass ihr euch doch noch dazu entschließt, mit uns nach Amerika zu gehen, wo ihr in Sicherheit wäret.«

»Wir verstehen euch völlig«, antwortete Sarah. »Auch wir sind froh, dass ihr weit von der allgegenwärtigen Bedrohung in Deutschland entfernt sein werdet und dass wir uns um eure Zukunft keine Sorgen mehr machen müssen. Aber wir selbst werden allein aus gesundheitlichen Gründen nicht mehr nach Amerika gehen können, denn die Strapazen einer Auswanderung wären für uns beide zu groß. Außerdem erwarten wir eigentlich trotz allem noch immer, dass diese Phase vorübergehen wird, ähnlich wie der große Krieg und die chaotische

Zeit danach, und dass sich am Ende die Vernunft durchsetzen wird.«

»Leider ist die Vernunft ein zartes Pflänzchen, das schnell ausgerissen ist, aber nur langsam nachwächst ... Bis es so weit ist, wird es möglicherweise zu spät sein«, sagte David.

Nach einem Augenblick des Nachdenkens, der ihre innere Zerrissenheit spürbar werden ließ, erwiderte Sarah: »Vielleicht werden wir uns später doch noch entschließen, euch zu folgen. Aber wir fühlen uns für eine solche Reise und für einen völligen Neuanfang eigentlich zu schwach. Außerdem können wir uns kaum vorstellen, dieses Haus aufzugeben, und mit ihm all die Erinnerungen, die wir im Lauf vieler Jahrzehnte gesammelt haben.«

»Wahrscheinlich würde es uns in eurer Situation ähnlich gehen, aber ihr wisst natürlich, dass wir jederzeit alles tun werden, um euch das Leben in Amerika so leicht wie irgend möglich zu machen«, entgegnete Judith.

»Das wissen wir«, sagte Sarah mit Tränen in den Augen.

Zwei Monate später veräußerten David und Judith schließlich auch ihre Villa im Westen Frankfurts, für die sie ebenfalls nur etwa ein Drittel dessen erhielten, was nach Davids Schätzung angemessen gewesen wäre. Da sie das Haus innerhalb von sechs Wochen räumen mussten, buchte David unmittelbar nach dem Verkauf für seine Familie eine Schiffspassage von Hamburg nach New York und meldete Daniela und Julia von dem jüdischen Gymnasium ab, das sie bis dahin besucht hatten. Beiden fiel der Abschied von ihren Freundinnen und Klassenkameradinnen unglaublich schwer, doch sie wussten, dass ihnen keine andere Wahl blieb. Nicht wenige ihrer Kameradinnen beneideten sie um ihre Auswanderung und hofften, dass auch sie mit ihren Familien bald Deutschland verlassen würden, obwohl viele ahnten, dass sie vielleicht keine Möglichkeit mehr dazu haben würden.

Zur selben Zeit transferierte David den Erlös aus dem Verkauf des Unternehmens und des Hauses sowie ihr Barvermögen in die USA. Nachdem die Reichsfluchtsteuer und die Abgaben für den Devisenumtausch abgeführt worden waren, verblieb ihnen am Ende, wie erwartet, weniger als ein Zehntel ihres ursprünglichen Vermögens. Kurz darauf mietete sein Bruder Henry, der in New York lebte, ein kleines Haus in einem westlichen Vorort der Stadt, wo die Familie die ersten Wochen und Monate würde verbringen können. Dennoch war ihre Zukunft ungewiss, weil nicht vorhersehbar war, ob Davids und Judiths Absicht, in den USA ihr Medizintechnikunternehmen weiterzuführen, erfolgreich sein würde, obwohl sie bereits eine vorläufige Kreditzusage einer amerikanischen Bank erhalten hatten.

Nachdem ihr Hausrat abgeholt worden war, verbrachte die Familie ihre letzten Tage in Deutschland in der Villa von Judiths Eltern. Als schließlich der Augenblick des Abschieds gekommen war, beschwor Judith Sarah und Jakob noch einmal, über eine Auswanderung nachzudenken, und bot ihnen ihre Hilfe an, wann immer sie sie brauchen würden.

»Danke«, antwortete Sarah unter Tränen und fuhr fort: »Vor allem aber sind wir froh darüber, dass ihr in Sicherheit seid.«

Auf der Zugfahrt nach Hamburg hingen zunächst alle schweigend ihren Gedanken nach, bevor Judith sagte:

»Es ist uns so schwergefallen, Jakob, Sarah und all die Menschen hier zurückzulassen, die uns etwas bedeuten. Aber leider hat es wenig Sinn, zurückzublicken. Wir müssen trotz allem in die Zukunft schauen und versuchen, das Beste aus ihr zu machen.«

»Das stimmt«, erwiderte Daniela. »Auch wenn es nicht leicht werden wird, werden wir es schaffen.«

Am Morgen des nächsten Tages bestiegen sie im Hamburger Hafen den Ozeandampfer, auf dem sie eine Viererkabine gemietet hatten. Als das Schiff am Nachmittag die Elbmündung erreichte, begaben sich Judith, David, Daniela und Julia trotz der winterlichen Kälte nach oben und beobachteten, wie sich die Küste ihrer ehemaligen Heimat rasch im Nebel des Januartages verlor und die Weite des Meeres und einer ungewissen, aber trotz allem hoffnungsvollen Zukunft an ihre Stelle trat.

Nachdem sie sechs Tage später in New York an Land gegangen waren, wurden sie von Henry erwartet und lernten wenig später ihr neues Haus am Stadtrand kennen, das wesentlich kleiner war als ihre Villa in Frankfurt, aber genug Platz für die Familie bot. Davids Bruder hatte bereits zuvor für Daniela und Julia Plätze an New Yorker Schulen gefunden und versicherte David nochmals seiner Bereitschaft, ihn und seine Familie in jeder erdenklichen Weise zu unterstützen.

Obwohl der Anfang in Amerika sehr schwer war, gelang es David und Judith im Lauf der kommenden Jahre, mit Hilfe ihres Wissens und ihrer Patente auf zahlreiche medizinische Geräte und Instrumente ihr Unternehmen neu aufzubauen, und auch für Daniela und Julia wurden New York und die USA bald zu ihrer neuen Heimat.

Mit Sarah und Jakob wechselten sie regelmäßig Briefe

und berichteten ihnen von ihrem Leben in Amerika, ihren Kindern und der Entwicklung ihrer Firma. Die Post, die sie von ihnen erhielten, und die Nachrichten aus Deutschland bereiteten ihnen allerdings immer mehr Sorgen, zumal sie im Lauf der Zeit weniger Briefe aus Frankfurt erreichten. Manchmal fragten sie sich, ob sie um Judiths Eltern willen nicht doch in Deutschland hätten bleiben sollen, doch waren sie sich stets der Gefahr bewusst, die ihren Kindern in Europa gedroht hätte, und wussten zudem, dass Sarah und Jakob froh darüber waren, dass sie und nicht zuletzt Daniela und Julia in Sicherheit waren.

Nach dem Abschied von Judith, David und ihren Enkeln lebten Sarah und Jakob weiterhin in ihrer Villa am östlichen Stadtrand Frankfurts, die ihnen viel bedeutete und ihnen Schutz vor all den Bedrohungen bot, die sie umgaben. Freilich hatten sie einige Zeit nach Inkrafttreten der Nürnberger Gesetze schweren Herzens eine ihrer beiden Hausangestellten entlassen müssen, weil Juden keine nichtjüdischen Frauen mehr in ihrem Haushalt beschäftigen durften, die jünger als 45 Jahre waren. Zwar gelang es ihnen nach mühsamer Suche, eine 50-jährige Frau zu finden, die bereit war, bei ihnen zu arbeiten, doch spürten beide im tiefsten Inneren, dass dies nur der Anfang war, auch wenn sie nach wie vor hofften, dass die Gefahr vorübergehen werde.

Zunächst jedoch ging für die beiden noch alles im Wesentlichen seinen gewohnten Gang, zumal sie ihr Haus nur selten verließen und die Berührung mit der feindseligen Welt außerhalb ihres Refugiums so weit wie möglich vermieden. Beide widmeten sich ihren wissenschaftlichen Arbeiten über das südliche Afrika, und Jakob empfing in einem Raum seiner Villa noch immer einige wenige jüdische Patienten, die ihm von der Entwicklung der jüdischen Gemeinde in Frankfurt berichteten. So erfuhren Sarah und Jakob, dass mehr und mehr Mitglieder der Gemeinde Frankfurt verließen, obwohl sie dabei nahezu ihr gesamtes Vermögen einbüßten, und dass viele andere ihre Arbeitsplätze, ihre Läden und ihre Unternehmen verloren. Mitte 1937 erzählte ihnen Lisa, die sich zusammen mit ihrer Kollegin Adelheid um die Villa und den Haushalt kümmerte, dass zwei der jüdischen Metzgereien und Bäckereien, bei denen sie bisher eingekauft hatten, in Kürze schließen würden, obwohl beide schon seit Generationen bestanden hatten. Das Gefühl der Beklemmung, das Sarah und Jakob jetzt stärker empfanden, schlug sich auch in ihren Briefen an Judith und David nieder, die ihnen immer wieder nahelegten, Deutschland zu verlassen. Dennoch konnten beide sich noch immer nicht zu diesem Schritt entschließen. Eines Abends im Oktober 1937 sagte Jakob, der in den letzten beiden Jahren erheblich gealtert war, aber seine grauen Haare noch immer sorgfältig gescheitelt trug, zu Sarah, in deren Gesicht das Alter ebenfalls deutliche Spuren hinterlassen hatte, deren braune Augen aber noch immer ein lebhaftes Interesse an den Dingen und den Menschen um sie herum verrieten:

»Judith und David meinen es sehr gut mit uns, aber wir gehören hierher. Ein Leben außerhalb dieses Hauses kann ich mir nicht vorstellen. Je älter wir werden, desto mehr bedeutet diese Umgebung für mich. Wenn wir sie eines Tages nicht mehr hätten ...«

»Ich weiß, was du meinst. Mir geht es genauso«, antwortete Sarah nach einem Augenblick des Zögerns.

Anfang Mai 1938 erhielten die beiden schließlich eine Mitteilung des Finanzamtes, in der sie aufgefordert wurden, innerhalb von zehn Wochen eine detaillierte Liste sämtlicher Vermögenswerte in ihrem Besitz vorzulegen. Als Grundlage für dieses Verlangen diente eine Verordnung vom April desselben Jahres, durch die Juden verpflichtet wurden, ihr gesamtes Vermögen den deutschen Behörden zu melden. Dies bedeutete, dass der Wert der Villa, die den überwiegenden Teil von Sarahs und Jakobs Besitz darstellte, durch einen Sachverständigen geschätzt wurde, der den Gegenwert des Hauses auf zwei Millionen Reichsmark taxierte, deutlich mehr als Sarah und Jakob erwartet hatten. Beide nahmen die Schätzung mit sehr gemischten Gefühlen auf, weil sie ahnten, dass die Vermögensaufstellung zur Grundlage neuer Steuern werden würde, auch wenn sie hofften, dass sich diese Erwartung nicht bewahrheiten würde.

Während die Monate vergingen, fragten sich Jakob und Sarah erstmals, ob ihre Entscheidung, in Deutschland zu bleiben, richtig gewesen war.

»Niemand kann voraussehen, was als Nächstes kommt«, sagte Jakob eines Abends, als er mit Sarah im Bibliotheksraum des runden Turms saß.

Sarah nickte stumm und antwortete: »Eigentlich bleibt uns nur, das Beste zu hoffen. Für alles andere sind wir mittlerweile viel zu alt. Aber ich habe die Hoffnung noch nicht aufgegeben. Vielleicht siegt am Ende doch die Vernunft.«

»Auch ich habe die Zuversicht nicht völlig verloren. Schließlich kennen wir diese Stadt und die Leute hier. Ich glaube nicht, dass sie es zum Äußersten kommen lassen werden.«

»Ich eigentlich auch nicht, obwohl Menschen manchmal unberechenbar sind«, antwortete Sarah, bevor sie sich wieder ihren Büchern zuwandten, um sich von ihren Sorgen abzulenken.

Einige Zeit später, am 8. November 1938, lasen Sarah und Jakob in der Zeitung, dass ein 17-jähriger polnischer Jude namens Herschel Grynszpan, dessen Eltern zuvor aus Deutschland nach Polen ausgewiesen worden waren, einen Legationsrat der deutschen Botschaft in Paris erschossen hatte und dass die Juden für die Tat verantwortlich gemacht wurden.

Mehr als je zuvor waren beide von offener Angst erfüllt und beschlossen, in den nächsten Tagen ihr Haus nicht zu verlassen, zumal sie im Radio verfolgten, wie der Hass der Propaganda immer weiter zunahm.

Am Abend des folgenden Tages saßen Sarah und Jakob, wie fast immer, in ihrem Bibliotheksraum, wo sie sich ihren Forschungen über Afrika widmeten. Beide hatten sich entschieden, an diesem Abend das Radio nicht einzuschalten, um sich nicht weiter zu beunruhigen und für einige Stunden den Frieden ihrer häuslichen Zuflucht zu genießen. Plötzlich jedoch meinte Sarah, entfernten Lärm wahrgenommen zu haben, und trat ans Fenster, um herauszufinden, woher die Geräusche gekommen waren. Dabei bemerkte sie, dass der Himmel über der Innenstadt von einem flackernden Leuchten erfüllt war, während der Lärm lauter wurde und jetzt auch im Inneren des Turms deutlich zu hören war. Beide empfanden eine düstere Vorahnung und umarmten sich lange, um einander Trost zu spenden.

Als sie nach einer unruhigen Nacht am nächsten Morgen aufstanden, kam Lisa zu ihnen, eine eher kleine, etwa 60-jährige Frau, die seit mehr als zwei Jahrzehnten ihren Haushalt führte, und berichtete ihnen aufgeregt, was geschehen war. Sämtliche Synagogen Frankfurts seien niedergebrannt und völlig zerstört worden, ebenso wie nahezu alle der noch verbliebenen jüdischen Geschäfte, und es seien in Frankfurt und im Rhein-Main-Gebiet Tausende von Juden mitsamt ihren Familien verhaftet worden. Im Lauf der nächsten Tage erfuhren sie dann aus Zeitungen und nicht zuletzt aus den Erzählungen von Jakobs verbliebenen Patienten Genaueres über die Ereignisse. Ihre Bekannten berichteten ihnen, dass SA und SS unter den anfeuernden Rufen zahlreicher Schaulustiger die Wohnungen von Juden gestürmt und völlig zerstört hätten, so dass ihnen noch nicht einmal die notwendigsten Kleidungsstücke und Alltagsgegenstände geblieben seien. Danach seien die Juden unter Misshandlungen in die Frankfurter Festhalle gebracht worden, wo sie auf engstem Raum auf ihren Abtransport in Konzentrationslager hätten warten müssen. Dabei sei ein jüdischer Opernsänger gezwungen worden, eine Arie aus Mozarts »Zauberflöte« zu singen, bevor er anschließend entlassen worden sei. Ihnen selbst sei, ebenso wie Sarah und Jakob, ein solches Schicksal nur aufgrund ihres weit fortgeschrittenen Alters erspart geblieben.

Zur selben Zeit lasen Sarah und Jakob in der Zeitung, dass den Juden die Zahlung einer »Sühneleistung« von einer Milliarde Reichsmark auferlegt worden sei. Nachdem sie diese Nachricht erhalten hatten, sagte Jakob zu Sarah:

»Ich weiß nicht, ob wir unseren Anteil werden aufbringen können, ohne unser Haus zu verkaufen. Unser Vermögen in Aktien und Anleihen ist im Vergleich zum geschätzten Wert der Villa eher gering.«

»Ich hoffe inständig, dass es nicht so weit kommen

wird. Dieses Haus und dieser Turm sind unser letztes Refugium«, antwortete Sarah.

»Ja«, sagte Jakob und senkte den Kopf, bevor er nach einigen Augenblicken fortfuhr:»Wenn wir all das verkaufen müssten, bliebe uns nichts mehr, und wir hätten wohl noch nicht einmal mehr Platz für unsere Bücher ... Für eine Auswanderung ist es ohnehin viel zu spät. Wir sind beide herzkrank und würden die Strapazen kaum überleben. Also wird uns nichts anderes übrigbleiben, als hier auszuharren, gleichgültig was geschieht ... Ich hoffe, dass uns wenigstens unser Alter vor dem Schlimmsten bewahrt.«

»Diese Hoffnung habe ich auch«, erwiderte Sarah, bevor die beiden einander stumm umarmten.

Ende November 1938 geschah schließlich, was Sarah und Jakob befürchtet hatten. In einem Bescheid des Finanzamtes wurden sie aufgefordert, in vier Raten insgesamt 480.000 Reichsmark zu zahlen, wobei die erste Rate bereits im Dezember 1938 fällig war.

»Mein Gott, es ist das eingetreten, wovor wir solche Angst hatten«, sagte Jakob zu Sarah.

»Jetzt werden wir unser Haus verlieren, den einzigen Ort, wo wir uns noch sicher fühlen«, erwiderte sie unter Tränen.

Jakob umarmte Sarah lange und sagte:»Diese Leute sind wirklich zu allem fähig ... Aber immerhin sind wir zusammen.« Dann fuhr er nach einiger Zeit des Nachdenkens fort:»Wir werden beim Verkauf versuchen, wenigstens den Turm zu behalten. Er bedeutet uns am meisten.«

»Das ist eine gute Idee, auf die ich im ersten Augenblick nicht gekommen bin. Zwar wird uns der Verlust der Villa und all der Erinnerungen, die damit verbunden sind, schwer treffen, aber wir könnten zumindest den Turm retten und dort wohnen«, antwortete sie.

»Zwar müssten wir viele unserer Möbel verkaufen oder verschenken, aber wir hätten in den Zimmern des Turms noch immer genug Platz, um das zu behalten, was uns am wichtigsten ist, und dazu gehört natürlich nicht zuletzt unsere Bibliothek.«

»Ja. Das ist immerhin unter den jetzigen Umständen ein gar nicht so kleiner Trost«, erwiderte Sarah, bevor die beiden einander nochmals umarmten und Jakob fortfuhr:

»Die ersten beiden Raten werden wir noch aus unserem Wertpapier- und Barvermögen bestreiten können. Trotzdem müssen wir so schnell wie möglich einen Käufer suchen, auch wenn wir, wie Judith und David, wahrscheinlich nur einen Bruchteil des wahren Wertes bekommen werden.«

»Ja, auch das müssen wir erwarten«, entgegnete Sarah und strich mit ihrer rechten Hand über Jakobs Haar, um ihn zu trösten.

Bereits am nächsten Tag fing Jakob an, mit Hilfe seiner noch verbliebenen Bekannten nach einem Käufer für die Villa zu suchen, und schon bald darauf meldeten sich mehrere Interessenten, die allerdings nur 250.000 Reichsmark boten, bevor sich schließlich ein Arzt fand, der die Villa zur Einrichtung einer chirurgischen Klinik erwerben wollte und bereit war, 280.000 Reichsmark zu zahlen. Nach kurzen Verhandlungen unterzeichneten Sarah und Jakob schließlich den Kaufvertrag und begannen danach mit dem Umzug in den Turm neben der Villa. Lisa und Adelheid halfen ihnen dabei und fühlten beide tiefes Mitleid, weil sie sahen, wie sehr Sarah und

Jakob unter dem Verlust des Hauses und vieler persönlicher Dinge und Erinnerungen litten. Immerhin konnten die beiden in den vier Räumen des Turms, die sich auf ebenso viele Geschosse verteilten, einige Möbel und nicht zuletzt die wichtigsten Bücher aus ihrem Wohnzimmer und aus Jakobs Arbeitszimmer retten. Ihr neues Wohnzimmer richteten sie im zweiten Stock unter dem Bibliotheksraum ein. Darunter befand sich ihr Schlafzimmer, während der große Raum im Erdgeschoss ein notdürftig installiertes Bad mit einer Toilette, einem Waschtisch und einer alten Badewanne sowie eine kleine Küche mit einem Herd und einer Spüle beherbergte.

Nachdem der Umzug abgeschlossen war, sagte Sarah zu Jakob:

»Wenigstens haben wir noch den Turm und unsere Bibliothek als letzte Zuflucht.«

»Das stimmt ...«, antwortete er und fuhr nach einem Augenblick fort: »... und nicht zuletzt sind wir zusammen.«

In den nächsten Wochen beobachteten sie den beginnenden Umbau ihres ehemaligen Hauses in eine Klinik, der sich über mehrere Monate hinzog, bevor schließlich im April des Jahres 1939 die ersten Patienten aufgenommen wurden. Der Anblick der Ärzte, Pfleger und Patienten, die gelegentlich in dem Park spazieren gingen, der ihnen einst so viel bedeutete hatte, erfüllte sie nicht selten mit Traurigkeit und Wehmut. Dennoch sagte Jakob eines Nachmittags zu Sarah:

»Immerhin ist unsere Villa jetzt ein Krankenhaus und dient damit dem, was uns immer wichtig war.«

»Ja«, erwiderte Sarah und ergriff Jakobs rechte Hand.

Der Verkauf ihres Anwesens erlaubte es Sarah und

Jakob, die vier Raten der »Sühneleistung« zu entrichten, denen nach kurzer Zeit noch eine fünfte hinzugefügt worden war. Jedoch befand sich ihr verbleibendes Vermögen jetzt auf einem Sperrkonto, von dessen Guthaben sie mit behördlicher Genehmigung nur ihre notwendigsten Ausgaben bestreiten konnten. Immerhin kam Lisa nach wie vor täglich und führte ihren Haushalt, auch wenn sie sie bei weitem nicht mehr so großzügig entlohnen konnten wie in der Vergangenheit. Ab dieser Zeit verließen beide ihren Turm noch seltener als zuvor und vermieden so weit wie möglich jede Berührung mit der immer feindlicheren und grausameren Welt außerhalb ihres verbleibenden kleinen Refugiums. Nach wie vor freilich widmeten sie sich täglich für mehrere Stunden der Lektüre und der Arbeit an ihrem geplanten Buch über Afrika, die es ihnen erlaubte, ihre bedrückende Lage wenigstens für einige Stunden zu vergessen.

In diesen Monaten wechselten sie die letzten Briefe mit Judith und David, in denen die tiefe Besorgnis der Eltern und das Entsetzen ihrer Familie in Amerika zum Ausdruck kamen. Dennoch waren Sarah und Jakob trotz aller Zweifel nach wie vor der Überzeugung, dass ihre Entscheidung, in Frankfurt zu bleiben, letztlich richtig gewesen war, und sie waren beruhigt, weil sie aus den Briefen ihrer Tochter wussten, dass ihre Familie in den USA eine neue Heimat gefunden hatte und dass es Judith und David gelungen war, ihr Unternehmen in Amerika weiterzuführen.

Während die Monate vergingen, ahnten beide jedoch, dass sich ihre Lebensbedingungen weiter verschlechtern würden, auch wenn sie versuchten, diesen Gedanken möglichst aus ihrem Bewusstsein zu verbannen. Als im September der Zweite Weltkrieg ausbrach, wurden ihre Befürchtungen freilich zunehmend übermächtig, zumal sie von Bekannten erfahren hatten, dass mehr und mehr jüdischen Mietern ihre Wohnungen gekündigt wurden und dass anschließend wohlhabendere Juden gezwungen wurden, die Obdachlosen aufzunehmen. Wenig später erhielten dann tatsächlich auch sie ein Schreiben der jüdischen Gemeinde, die unter Aufsicht der deutschen Behörden für die Verteilung des verbleibenden Wohnraums zuständig war. In dieser Mitteilung wurde ihnen angekündigt, dass sie bereits zwei Wochen später eine allein lebende jüdische Rentnerin in ihrem Turm würden beherbergen müssen. Als Sarah und Jakob diese Nachricht erhielten, waren beide sowohl bedrückt als auch erleichtert, weil sie wussten, dass sie zwar einen weiteren Raum verlieren würden und dass ihr Turm ihnen nicht mehr allein gehören würde, dass sie wahrscheinlich aber eine Person aufnehmen würden, mit der sie würden zusammenleben können, ohne eine allzu große Beeinträchtigung ihres Lebens befürchten zu müssen. Zu Recht vermuteten beide, dass ihr Alter und ihr Ansehen in der jüdischen Gemeinde zu dieser Entscheidung beigetragen hatten.

Etwa eine Woche später erfuhren sie, dass es sich bei ihrer zukünftigen Mitbewohnerin um Maria Bergmann handelte, eine 65-jährige Frauenärztin, die früher mit ihrem inzwischen verstorbenen Mann eine gemeinsame Praxis geführt hatte und die Sarah und Jakob vage kannten. Als Frau Bergmann, eine zierliche, kleine Frau, die ihre grauen Haare zu einem Knoten zusammengebunden hatte, sich einige Tage später bei ihnen vorstellte, zeigte sie sich sehr dankbar für die freundliche Aufnahme, die sie bei Sarah und Jakob fand, und sagte nach einer Weile beinahe entschuldigend:

»Mein Vermieter, mit dem ich mich in der Vergangenheit eigentlich sehr gut verstanden habe, hat mir vor drei Wochen plötzlich gekündigt und mir mitgeteilt, dass ich innerhalb von vier Wochen ausziehen müsse. Schon vorher wollte er nichts mehr mit mir zu tun haben und zeigte sich zunehmend feindselig, obwohl seine Frau in der Vergangenheit zu unseren Patientinnen gehört hatte.«

»Wir verstehen Ihre Lage vollkommen, und auch wir wären froh, wenn uns unter solchen Umständen jemand aufnehmen würde«, antwortete Sarah, und Jakob nickte zustimmend.

Anschließend zeigten Sarah und Jakob Maria ihren Turm, und sie einigten sich darauf, dass Maria den Raum im ersten Stock erhalten würde und dass sie alle das Bad und die Küche im Erdgeschoss gemeinsam benutzen würden. Dies bedeutete, dass Sarah und Jakob ihr bisheriges Schlafzimmer verloren und sich gezwungen sahen, den Schreibtisch aus dem Bibliotheksraum im obersten Stockwerk zu entfernen, um Platz für ihr Bett zu schaffen, was für sie zwar einen Verlust bedeutete, ihnen aber auch das Gefühl gab, immer in der Nähe ihrer geliebten Bücher zu sein.

Als Maria wenige Tage später einzog, entwickelte sich ihr Zusammenleben in der Tat so harmonisch, wie sie es erwartet hatten, auch wenn sie unter den beengten Lebensbedingungen in den eher kleinen Räumen des Turmes litten. Schon nach kurzer Zeit begann Maria, Sarahs und Jakobs Interesse an Afrika und seiner Geschichte zu teilen, und alle drei verbrachten oft viele Stunden mit gemeinsamer Lektüre in Sarahs und Jakobs Wohnzimmer, was ihnen angesichts der sich ständig verschlimmernden allgemeinen Umstände immerhin einigen Trost spendete.

Auch wenn Lisa als ihre mittlerweile einzige ver-
bliebene Haushälterin tat, was sie konnte, war es ihr in
dieser Zeit kaum noch möglich, genügend Lebensmittel
für Sarah, Jakob und Maria zu beschaffen, da Juden auf
ihre besonders gekennzeichneten Lebensmittelmarken
immer weniger und immer schlechtere Waren erhielten,
so dass alle drei langsam an Gewicht verloren und im
Lauf der Zeit zunehmend abgemagert und ausgemergelt
wirkten. Auch wurden ihre Brennstoffrationen immer
weiter gekürzt, weshalb sie im Winter im Inneren des
Turmes oft ihre wärmsten Mäntel trugen, um sich vor
der eisigen Kälte der langen Nächte zu schützen.

Zu Beginn des Jahres 1940 machten sich Sarahs und
Jakobs hohes Alter und die schlechte Ernährung immer
deutlicher bemerkbar, und beide spürten mehr und mehr,
dass sie am Ende ihres Lebens angekommen waren.
Auch Maria alterte im Lauf dieses Jahres immer rascher
und verlor die Kraft, über die sie anfangs noch verfügt
hatte, als sie in Sarahs und Jakobs Turm eingezogen
war. Während die Monate vergingen, waren die drei weniger und weniger in der Lage, sich ihren Büchern zu
widmen, und sahen sich schließlich gezwungen, einen
immer größeren Teil ihrer Zeit im Bett zu verbringen.
Da sie ihren Turm nicht mehr verlassen konnten, erfuhren sie lediglich aus Lisas Erzählungen und aus der
Zeitung, dass Juden mittlerweile keine Theater und Mu-
seen mehr besuchen und keine Straßenbahnen mehr
benutzen durften. Auch hörten sie von Lisa und zwei
Bekannten, die sie noch immer ab und zu besuchten,
dass Gerüchten zufolge die Juden nach Abschluss eines
Friedensvertrages mit Frankreich nach Madagaskar aus-
gesiedelt werden sollten.

»Wir alle würden die Strapazen einer solchen Deportation niemals überleben«, sagte Maria eines Tages zu Sarah und Jakob. Beide nickten stumm, und alle drei wussten in stillem Einverständnis, was zu tun war, falls sich diese Gerüchte bestätigen sollten.

In dieser zunehmend hoffnungslosen Zeit war es eine große Erleichterung für die drei, dass Lisa nach wie vor täglich zu ihnen kam, für sie kochte und sich um den Haushalt kümmerte, soweit es unter den gegebenen Umständen möglich war, obwohl sie selbst mittlerweile über 60 Jahre alt war und immer öfter von Nachbarn und Bekannten angefeindet wurde, weil sie nach wie vor Kontakt zu Juden pflegte und als Haushaltshilfe für Sarah, Jakob und Maria arbeitete, obwohl die drei sie kaum noch entlohnen konnten.

»Bei mir im Haus wohnt ein strammer Nazi, der mir immer wieder deutlich seine Missbilligung zu verstehen gibt und drohende Andeutungen darüber macht, was bald mit den Juden geschehen würde und mit denen, die sie unterstützen. Er würde mich am liebsten in ein Konzentrationslager schicken, und ich habe oft große Angst, wenn ich ihm begegne«, sagte Lisa im Sommer 1941 zu Sarah, Jakob und Maria.

»Wir ahnen, was Sie durchmachen, und wir alle sind Ihnen unendlich dankbar für Ihre Unterstützung ... Was Sie tun, grenzt in dieser vom nackten Wahnsinn regierten Zeit an Heldentum«, sagte Sarah.

»Ich würde es nicht so nennen ...«, erwiderte Lisa.

»Doch ... Ich glaube, es gibt kein besseres Wort dafür«, sagte Jakob, während Sarah und Maria nickten.

Im September 1941 gab es die ersten heimlich verbreiteten Gerüchte über eine bevorstehende Deportation der Frankfurter Juden nach Polen, von denen auch Lisa hörte, die sie aber Sarah und Jakob gegenüber erst Mitte Oktober erwähnte. Als die drei Bewohner des Turmes davon erfuhren, blickten sich Jakob, Sarah und Maria mit einem Ausdruck stummer Einigkeit an, die Lisa zutiefst erschreckte.

Am Vormittag des 19. Oktober schließlich beobachteten Sarah und Jakob von ihrem Schlaf- und Bibliotheksraum im obersten Stockwerk des Turmes aus einen langen Zug von Menschen, die sich durch ein Spalier von Zuschauern zur Großmarkthalle in der Nähe des Ostbahnhofs bewegten. Bei genauem Hinsehen bemerkten Jakob und Sarah, zu denen sich nach kurzem auch Maria gesellte, dass alle ein Pappschild um den Hals trugen, das sie offenbar als Juden auswies. Als Lisa wenig später kam, erzählte sie den drei, was geschah:

»Etwa tausend Frankfurter Juden werden gerade zur Großmarkthalle getrieben, die von der Stadtverwaltung offenbar als Sammelstelle angemietet wurde. Von dort sollen sie in den nächsten Tagen mit der Bahn nach Lodz und in andere polnische Städte gebracht werden.«

Sarah, Jakob und Maria nickten und blickten einander wieder mit jenem stummen Einverständnis an, das Lisa einen kalten Schauder über den Rücken jagte.

Am nächsten Tag sahen die Bewohner des Turmes, wie mehrere Züge mit sorgfältig verklebten Scheiben den Güterbahnhof in Richtung Osten verließen.

»Es heißt, sie fahren nach Polen ...«, sagte Lisa.

»Ich fürchte, sie fahren in den Tod«, antwortete Jakob und fügte nach einem Augenblick hinzu: »Ich bin froh, dass wenigstens Judith und ihre Familie in Sicherheit sind ... In der Seele der Menschen lauert eine Bestie. Wehe, wenn sie losgelassen wird!«

Lisa fand die drei am nächsten Vormittag tot in ihren Schlafzimmern. Sarah und Jakob lagen mit verschränkten Händen auf dem Bett neben ihren Büchern im obersten Raum des Turmes. Als Todesursache wurde eine Medikamentenvergiftung festgestellt.

Rebecca hörte das laute Krächzen dreier Krähen und blickte nach oben, während sie unmittelbar hinter Christian auf einem engen Wanderweg bergauf lief. Der Regen hatte ein wenig nachgelassen, doch waren der Wald und der hinter ihnen liegende See noch immer von einem Nebelschleier bedeckt, der sich nur manchmal für kurze Zeit lichtete.

»Schade, dass es so viel regnet«, sagte Christian, als sie auf einem breiteren Wegabschnitt nebeneinander hergingen.

»Ja, aber das ist nicht weiter schlimm ... Ich überlasse mich einfach meinen Tagträumen. Dafür ist dieses Wetter bestens geeignet«, antwortete Rebecca.

»Stimmt ... Schön, dass du es so gelassen nimmst. Du kannst mir dann später von deinen Träumen erzählen.«

»Das werde ich natürlich gerne tun«, erwiderte Rebecca mit einem kurzen Lächeln.

Einige Zeit später erreichten sie eine Stelle, an der der Weg steil abfiel, eine Straße kreuzte und danach wieder anstieg, bevor sie sich, dem Kamm der sanft gerundeten Höhen folgend, auf den Rückweg zur Staumauer machten. Für wenige Minuten hörte der Regen auf, so dass die Buchten des Sees sichtbar wurden, der jetzt zu ihrer Linken lag, während hell- und dunkelgraue Wolken in rascher Folge über den Himmel zogen. Bald darauf jedoch begann es wieder zu regnen, und der Nebel verhüllte wie zuvor die Landschaft mit einem hellgrauen

Vorhang, hinter dem sich sogar die Konturen der Bäume vor und neben Rebecca und Christian in einem endlosen Meer aufzulösen schienen, als ob Raum und Zeit ihre Bedeutung verlören. Wieder hörte Rebecca nur die zahllosen Regentropfen, die auf die Kapuze ihrer Regenjacke trafen, und das leise Geräusch ihrer Schritte auf dem nassen Waldboden, während langsam eine andere Welt von ihrem Bewusstsein Besitz ergriff.

Wenig später sah sie ein Haus in Tel Aviv vor sich, wo im Januar des Jahres 2030 in einem Penthouse in der Nähe der Strandpromenade eine dreiköpfige Familie beim Abendessen saß: Naomi, eine 47-jährige Internistin, die in einem großen Krankenhaus in der Stadt arbeitete, ihr gleichaltriger Mann Benjamin, der als Radiologe eine eigene Praxis unterhielt, und ihre 17 Jahre alte Tochter Rebecca. Nach einiger Zeit sagte Naomi, eine eher kleine Frau mit dunkelbraunen, glatten Haaren und braunen Augen, zu Rebecca, die ihr mit ihren lockigen, fast schwarzen Haaren sehr ähnlich sah:

»Du wirst dieses Jahr, nach dem Schulabschluss, deinen Militärdienst leisten müssen.«

»Ich weiß ... Ich denke ständig daran und fürchte mich regelrecht davor«, antwortete Rebecca.

»Das kann ich verstehen, aber du solltest auch daran denken, dass du damit einen wichtigen Beitrag zu unserer Verteidigung leistest, damit wir nicht vielleicht eines Tages so elend zugrunde gehen wie deine Vorfahren, die sich damals in Frankfurt kurz vor der Deportation das Leben genommen haben«, sagte ihr Vater.

»Das sehe ich ja auch ein, aber trotzdem wären für mich das Leben in der Armee und die schlimmen Erlebnisse, die mich dort wahrscheinlich erwarten, schrecklich. Ich glaube, ich kann das einfach nicht.«

»Ich habe sehr viel Verständnis für dich. Mir ging es damals genauso, auch wenn mir glücklicherweise traumatische Erfahrungen erspart geblieben sind. Aber wenn du den Militärdienst verweigerst, kämst du ins Gefängnis, und es wäre das Ende für deinen Wunsch, Medizin zu studieren ... Warum versuchst du nicht, in eine Sanitätseinheit eingezogen zu werden, so wie ich es damals getan habe? Das würde dir helfen, einen Medizinstudienplatz zu bekommen, und du würdest später von dem Wissen profitieren, das du dort erwirbst«, entgegnete ihre Mutter.

»Ja, das ist wohl der einzige Ausweg«, sagte Rebecca niedergeschlagen.

Nach mehreren Tagen des Nachdenkens kam Rebecca zu dem Schluss, dass die Lösung, die ihre Mutter vorgeschlagen hatte, die einzig mögliche war, und stellte bei der wenig später stattfindenden Musterung einen entsprechenden Antrag. Einige Zeit darauf erhielt sie einen Einberufungsbescheid, in dem ihr mitgeteilt wurde, dass sie am 1. Juli ihren Dienst in einer Sanitätseinheit in unmittelbarer Nähe des Gazastreifens würde antreten müssen. Auch wenn sie sich mit der unumgänglichen Notwendigkeit abgefunden hatte, fürchtete sie nach wie vor den Wehrdienst, und ihre Anspannung wuchs, je näher der Termin des Dienstantritts rückte. Nachdem sie Ende Juni die Schule abgeschlossen hatte, verbrachte sie die letzten Tage zu Hause und versuchte, sich ein wenig abzulenken, indem sie Klavier spielte oder am Strand spazieren ging, doch konnte sie ihre Angst und Unruhe nie wirklich abschütteln. Wenn sie an der Strandpromenade entlanglief und die vielen Menschen beobachtete, die unbeschwert das Meer und die Sonne genossen, erschien ihr das sommerliche Idyll angesichts ihrer Erwartungen beinahe wie eine grausame Illusion, die ihre Trauer und ihre Furcht noch verstärkte.

Am Vorabend des Abschieds von ihrer Familie ging sie früh zu Bett und schlief dennoch lange nicht ein. Immer wieder gingen ihr dieselben Bilder und Gedanken durch den Kopf, Angst vor grausamer Gewalt, aber auch Erinnerungen an die Geschichte ihrer Familie. Aus den Erzählungen ihrer Mutter wusste sie, dass zwei ihrer Vorfahren sich in Frankfurt das Leben genommen hatten, nachdem die Deportation der Frankfurter Juden begonnen hatte. Rebeccas Urgroßmutter Julia war dagegen mit ihren Eltern und ihrer Schwester Daniela 1936 in die USA ausgewandert, wo ihre Eltern ihr Medizintechnikunternehmen weiterführten und wo auch ihre Großmutter Ruth geboren wurde. Ihre Mutter Naomi schließlich war im Jahr 1982 in Maryland zur Welt gekommen und dort aufgewachsen. Während ihres Biologiestudiums in Pittsburgh hatte sie Benjamin kennengelernt, der ebenfalls Biologie studierte und nach dem Abschluss des ersten Studienabschnitts nach Israel zurückkehren wollte, wo seine Familie lebte. 2004 hatte Naomi deshalb im Alter von 22 Jahren die USA verlassen und sich mit Benjamin in Jerusalem niedergelassen, wo beide Medizin studierten, nachdem sie zuvor ihren Militärdienst abgeleistet hatten. Nach dem Ende ihres Studiums hatte Naomi bis zu Rebeccas Geburt im Jahr 2012 zwei Jahre in einem Krankenhaus in Tel Aviv gearbeitet, wo auch Benjamin seine ersten Erfahrungen als Arzt gesammelt hatte, bevor er seine eigene Praxis als Radiologe eröffnete. Rebecca selbst hatte sich bei ihrer Familie immer sehr wohl und sicher gefühlt, aber sie hatte seit ihrer Jugend den unvermeidlichen Militärdienst gefürchtet und wider alle Vernunft gehofft, die schweren Erfahrungen, die damit verbunden sein würden, vermeiden zu können.

Als Rebecca am nächsten Morgen aufwachte, nachdem sie lange nach Mitternacht doch noch mehrere Stunden Schlaf gefunden hatte, packte sie einige letzte Dinge, verabschiedete sich von ihren Eltern und brach gegen zehn Uhr auf, um vor der im Einberufungsbescheid genannten Zeit am späten Nachmittag die Ausbildungseinheit eines Sanitätsbataillons an der Grenze zum Gazastreifen zu erreichen.

Bei ihrer Ankunft waren in der Kaserne bereits viele junge Frauen versammelt, die darauf warteten, registriert und einer Wohngruppe zugeteilt zu werden. Als die Reihe an Rebecca kam, erfuhr sie, dass sie mit Miriam, einer jungen Frau, die vor ihr gewartet hatte, und vier weiteren Kameradinnen in einer Stube leben würde. Wenig später betrat sie ihre neue Behausung, während Miriam und zwei weitere Mitbewohnerinnen schon dabei waren, ihre Sachen auszupacken und in den schmalen Spinden gegenüber den drei Etagenbetten unterzubringen. Rebecca und Miriam, die ebenfalls in Tel Aviv aufgewachsen war und mit ihren lockigen dunklen Haaren fast genauso aussah wie Rebecca, entwickelten sofort große Sympathie füreinander und beschlossen, sich ein Etagenbett zu teilen. Auch mit ihren Zimmergenossinnen Lia, Esther, Jennifer und Abigail freundeten sich Rebecca und Miriam schnell an, was ihnen half, die ersten Tage und Wochen zu überstehen. Insbesondere am Anfang konnte Rebecca oft abends längere Zeit nicht einschlafen und hörte, wie auch Miriam im Bett über ihr viele unruhige Stunden verbrachte, obwohl ihre Tage lang und anstrengend gewesen waren. Dann stand sie auf, hielt für einige Minuten Miriams Hand, und beide sprachen sich einige Worte des Trostes zu, bevor sie sich wieder hinlegten und bis zum frühen Morgen schliefen.

Nach etwa zehn Wochen teilte ihnen ihr Vorgesetzter eines Tages mit, dass sie, wie am Tag zuvor schon Esther und Abigail, von zehn Uhr abends bis sechs Uhr morgens zum Wachdienst eingeteilt seien. Rebecca und Miriam fürchteten diese Nachtwachen, weil sie nahezu immer übermüdet waren und kaum die Augen offen halten konnten. Auch in jener Nacht verbrachten sie die Zeit mit ständigen Patrouillengängen entlang der Zäune, unterbrochen von einigen wenigen kurzen Pausen in einem Raum neben dem Haupteingang der Kaserne. Während sie nach Mitternacht am Zaun entlanggingen und Ausschau hielten, warf Rebecca einen kurzen Blick auf den Sternenhimmel. Selbst die Milchstraße war in der trockenen Luft so klar zu erkennen, wie Rebecca sie nie zuvor gesehen hatte, und ließ sie ihre Anspannung und Müdigkeit für einige Augenblicke vergessen, bevor die fernen Laute von heulenden Schakalen sie aus ihrer Versunkenheit weckten. Währenddessen hatte Miriam sich kurz hingesetzt, um einen ihrer Schnürsenkel zu binden, der sich gelockert hatte. Nach einer halben Stunde kehrten die beiden schließlich zum Haupteingang zurück, weil ihre nächste Pause bevorstand. Als sie das Gebäude erreichten, stand plötzlich ihr Vorgesetzter vor ihnen und beschuldigte Miriam, ihre Pflichten verletzt zu haben und eingeschlafen zu sein. Völlig erschöpft und mit Tränen in den Augen versuchte sie sich zu verteidigen und wies darauf hin, dass sie nur ihre Schnürsenkel habe binden wollen. Rebecca empfand tiefes Mitleid für ihre Freundin und sagte:

»Miriam sagt die Wahrheit. Sie ist nicht eingeschlafen und hat sich nur kurz hingesetzt, um ihre Schuhe in Ordnung zu bringen.«

Daraufhin beschuldigte der Vorgesetzte sowohl Miriam als auch Rebecca der Pflichtverletzung, der Lüge und der Gehorsamsverweigerung und kündigte an, dass er den Vorfall melden werde. Nach dem Ende ihres Wachdienstes erhielten beide den Befehl, sich bei dem für ihre Einheit zuständigen Hauptmann zu melden, der nach einer kurzen Anhörung, bei der Rebecca Miriam wiederum in Schutz zu nehmen versuchte, gegen beide drei Tage Arrest verhängte.

Unmittelbar danach wurden Miriam und Rebecca in einen Trakt der Kaserne geführt, in dem sich insgesamt fünf Arrestzellen befanden. Nachdem die Tür hinter Rebecca verschlossen worden war, fand sie sich in einem kleinen, nahezu völlig leeren Raum mit dunkelgrau gestrichenen Betonwänden wieder, der außer einem hölzernen Stuhl und einem winzigen Tisch keinerlei Mobiliar enthielt und nur durch ein kleines Oberlicht und eine Leuchtstoffröhre eher notdürftig erhellt wurde. Rebecca setzte sich zutiefst erschöpft und verzweifelt auf den Stuhl, legte ihren Kopf auf die Tischplatte und versuchte ein wenig zu ruhen, wachte aber jedes Mal nach kurzer Zeit wieder auf, zumal eine der Wachen öfter kurz den Raum betrat. Während die Stunden vergingen, wuchs in ihr das Gefühl der Machtlosigkeit und des Ausgesetzseins, das sie schon in den ersten Minuten in der Zelle empfunden hatte. Nur das Wissen, dass Miriam ihr nahe war, spendete ihr Trost und bewahrte sie vor völliger Hoffnungslosigkeit. Als der Abend kam, wurden der Tisch und der Stuhl beiseite gerückt, und es wurde eine einfache Liege mit einer dünnen Matratze hereingetragen, auf die Rebecca sich völlig übermüdet fallen ließ. Obwohl es noch einige Zeit dauerte, bis das Licht ausgeschaltet wurde, fiel sie in einen unruhigen Schlaf, aus dem sie immer wieder durch die entfernten Geräusche der nächtlichen Wüste geweckt wurde, die durch das geöffnete Oberlicht in ihre Zelle drangen. Dennoch fühlte sie sich etwas erholter, als am nächsten Morgen um sechs Uhr das Licht eingeschaltet und kurz darauf die Liege wieder entfernt wurde. Während des Tages freilich kehrte das Gefühl der Verzweiflung und der Hilflosigkeit immer wieder mit aller Macht zurück, doch ließ Rebeccas Fähigkeit, sich anderen Menschen in ihren Gedanken und Tagträumen nahe zu fühlen, sie ihre Einsamkeit und die düstere Umgebung leichter ertragen.

Als am Abend die Liege wieder aufgestellt und das Licht ausgeschaltet wurde, erlöste sie zunächst der Schlaf von den bedrückenden Umständen, doch fand sie sich bald in eine fremde, unheimliche Umgebung versetzt. Zusammen mit Miriam und zwei ihr unbekannten männlichen Kameraden durchwanderte sie im Dunkel einer Neumondnacht ein Wüstental, in dessen steilen Wänden sich die Öffnungen zahlloser Höhlen abzeichneten, hinter denen sich eine vage, unbeschreibliche Bedrohung verbarg. Rebecca und Miriam liefen nebeneinander her, und Rebecca ergriff die Hand ihrer Freundin, um sich ihrer Angst zu erwehren, während ihre Kameraden ihnen in größerem Abstand folgten. Nach einiger Zeit verengte sich das Tal immer weiter, und die Düsternis der Höhlen ließ in Rebecca den Eindruck entstehen, dass sich hinter ihnen höllengleiche, alles Leben vernichtende Abgründe auftaten. Als sie die engste Stelle erreicht hatten, hörten Rebecca und Miriam plötzlich laute Schreie, drehten sich um und sahen eine Gruppe von etwa fünf Soldaten, die ihre Kameraden überwältigten. Während beide vor Entsetzen erstarrt stehenblieben, näherten sich ihnen fünf weitere Kämpfer und zwangen sie, ihnen in eine verborgene Höhle in einem Seitental zu folgen, deren vorderer Abschnitt von Fackeln erhellt wurde, wohingegen der endlos wirkende, stark nach unten geneigte hintere Teil in tiefer Finsternis lag. Drei Soldaten drängten Rebecca und Miriam nach hinten, wo die Fackeln nur noch ein flackerndes Zwielicht verbreiteten, und zwangen sie, sich auf den Boden zu setzen, während die anderen ihre beiden Gefährten entkleideten und liegend an Pfosten fesselten, deren Enden im Boden vergraben waren. Dann führten sie mit großen Messern mehrere Schnitte aus, öffneten die Leiber ihrer schreienden, vor Schmerz und Angst wahnsinnigen Kameraden und entnahmen ihre Organe, die sie anschließend in einem Feuer neben dem Höhleneingang verbrannten. Aus einiger Entfernung sahen die beiden Frauen die verzerrten Gesichter der Henker, in denen sich eine teuflische, sadistische Befriedigung widerspiegelte, die sie noch nie bei Menschen gesehen hatten ...

Als Rebecca erwachte, saß sie in Schweiß gebadet auf ihrer Liege und hatte noch ihren eigenen Schrei im Ohr, während ein Schimmer des Mondlichts in ihre Zelle drang. Kurz darauf wurde das Licht eingeschaltet, und Rebecca bemerkte, dass sie längere Zeit durch den Türspion beobachtet wurde, bevor sie wieder die Dunkelheit umfing, in der sie freilich nach ihrem Alptraum lange nicht mehr einschlafen konnte. Am nächsten Tag freilich spendete ihr trotz aller Müdigkeit der Gedanke Trost, dass ihr Arrest zu Ende ging und dass sie Miriam bald wiedersehen würde. Diese Zuversicht ließ sie in der folgenden Nacht Ruhe finden, bevor sie gegen Mittag des dritten Tages entlassen wurde und mit Miriam zu ihrer Einheit zurückkehrte. Die beiden Frauen waren erleichtert und glücklich, einander wiederzusehen, und auch ihre Kameradinnen taten alles, um ihnen Trost und Mut zuzusprechen.

Nachdem Rebecca und Miriam am nächsten Tag ihren Dienst wieder angetreten hatten, spürten sie, dass der Vorgesetzte, der behauptet hatte, Miriam sei eingeschlafen, offenkundig auf eine Gelegenheit wartete, sie eines weiteren Vergehens beschuldigen zu können. Doch ging wenig später ihre Grundausbildung zu Ende, und sie wurden beide in ein Lazarett versetzt, das sich ebenfalls in unmittelbarer Nachbarschaft zum Gazastreifen befand und wo die beiden wiederum gemeinsam mit vier anderen Soldatinnen in einer Stube wohnten. Das Militärkrankenhaus war für die medizinische Versorgung aller israelischen Soldaten zuständig, die östlich des palästinensischen Gebietes um die Stadt Gaza Dienst taten. Immer wieder erzählten Patienten und Angehörige der Sanitätseinheit Rebecca und Miriam von den Lebensbedingungen im Gazastreifen, von bitterer Armut, Schmutz, Gewalt und erschreckendem religiösem Fanatismus, gepaart mit abgrundtiefem Hass auf alle Israelis. Obwohl die beiden Frauen auf vieles vorbereitet gewesen waren, vermittelten ihnen diese Berichte eine Ahnung von einer Wirklichkeit, die noch weit bedrohlicher war, als sie es sich bis dahin hatten vorstellen können.

Eines Abends Ende Oktober, etwa vier Wochen nachdem sie ihre Grundausbildung abgeschlossen hatten, erhielten sie den Befehl, zusammen mit Josua, einem etwa gleichaltrigen Kameraden, den sie aus ihrer täglichen

Arbeit kannten, und David, einem etwa sieben Jahre älteren Sanitätsunteroffizier, zwei Soldaten zu bergen und zu versorgen, die etwa 15 Kilometer entfernt nach einem schweren Unfall einen Notruf gesendet hatten. Als sie kurz darauf in einem geländegängigen Rettungstransportwagen das Lazarett verließen, empfand Rebecca mehr als je zuvor ein Gefühl tiefer Beklemmung, das noch zunahm, während sie am Grenzzaun entlangfuhren, hinter dem sich eine andere, grausame Welt verbarg.

Als sie sich knapp 15 Minuten nach ihrer Abfahrt dem angegebenen Ort näherten, war von den verunglückten Soldaten und ihrem Patrouillenfahrzeug nichts zu sehen, und die vier setzten ihre Fahrt fort, weil David vermutete, dass ihre Kameraden nicht weit entfernt seien. Während Rebeccas Anspannung weiter wuchs und auch Miriam sie mit bangem Blick ansah, hörten die vier plötzlich, wie Schüsse den Rettungswagen trafen und ihn nach wenigen Augenblicken mit zerfetzten Reifen zum Anhalten zwangen. Noch bevor David und Josua zu ihren Waffen greifen konnten, wurden die Türen aufgerissen, und acht mit Maschinenpistolen ausgerüstete palästinensische Kämpfer befahlen Rebecca, Miriam und den beiden Männern auszusteigen und ihnen im Laufschritt zu folgen. Zwei Minuten später gelangten sie zum verdeckten Eingang eines Tunnels, der sich, etwas mehr als einen Kilometer von den Sperranlagen entfernt, im Fundament eines verlassenen und teilweise verfallenen Hauses auf der israelischen Seite der Grenze befand. Nachdem die Palästinenser eine geschickt verborgene dünne Betonplatte in einem kleinen Abstellraum im Keller beiseite gerückt hatten, stiegen die acht Kämpfer mit ihren israelischen Gefangenen eine lange, an der Wand angebrachte

Metallleiter hinab, die Rebecca, Miriam und ihre Kameraden in eine finstere, ihrer gewohnten Umgebung weit entrückte Unterwelt führte. Unten angekommen, folgten sie dem Verlauf einer nur von wenigen Lampen erhellten Röhre, in der sie sich geduckt fortbewegen mussten. Nach einigen Minuten jedoch erreichten sie einen deutlich größeren, besser beleuchteten Tunnel, in dem sie zwei Fahrzeuge bestiegen, nachdem Rebecca und Miriam von Josua und David getrennt worden waren. Die Fahrt führte sie fast eine halbe Stunde lang durch ein ausgedehntes System von zunächst breiteren, dann wieder sich verengenden Röhren, die anfangs eher unmerklich nach unten geneigt waren. Als sie das Ende des befahrbaren Tunnels erreicht hatten, von dem immer wieder andere Röhren und Eingänge abzweigten, verließen sie die beiden Jeeps und setzten ihren Weg zu Fuß durch einen schwach beleuchteten, stark abschüssigen Gang fort. Nach einer Viertelstunde bemerkte Rebecca, dass es langsam immer wärmer wurde, und schloss daraus, dass sie sich mittlerweile tief unter der Oberfläche befanden. Schließlich öffnete der Anführer der palästinensischen Kämpfer eine Metalltür, hinter der eine nicht enden wollende Wendeltreppe den Weg in einen bodenlosen Abgrund eröffnete. Als sie am Fuß der Treppe angekommen waren, klopfte einer der Guerilleros an eine weitere Tür, und kurz darauf betraten alle einen großen Raum, in dem mehrere, offenbar höherrangige Offiziere saßen, die die Israelis zufrieden begutachteten und den Anführer des Kommandos lobten. Anschließend wurden die Gefangenen über eine weitere Treppe in zwei Räume geführt, die noch einige Meter tiefer lagen. Rebecca und Miriam wurden in eine Zelle gedrängt, in der nur eine trübe Lampe etwas Helligkeit verbreitete und die von dem größeren Raum, in dem die Männer festgehalten wurden, durch eine schwere Metalltür getrennt war, in deren oberer Hälfte eine stark getrübte Scheibe angebracht war, die nur einen vagen Blick in den Nachbarraum erlaubte. Als die beiden den Raum in Augenschein nahmen, bemerkten sie als einziges Mobiliar zwei fast drei Meter lange Metallgestelle, auf denen dünne, verdreckte Matratzen lagen und die etwa eine Armlänge voneinander entfernt waren. Die Luft in der Zelle war unerträglich heiß und feucht, so dass Rebecca und Miriam das Atmen schwerfiel und sie bald in Schweiß gebadet waren, während immer wieder Wassertropfen an den von Schimmel bedeckten Wänden herabliefen.

Während die Zeit verging, lagen die beiden schweigend und tief benommen auf den Betten und hörten nur gelegentlich gedämpfte Stimmen und Geräusche, die aus dem nebenan gelegenen Raum herüberdrangen. Schließlich jedoch, es mochten nach Rebeccas Gefühl mehrere Stunden vergangen sein, nahmen sie Lärm und Schreie aus der Zelle wahr, in der sich Josua und David befanden. Als sie nach einigen Minuten aufstanden und durch die getrübte Scheibe blickten, ließ sie das, was sie wie durch einen dichten Nebel wahrnahmen, vor Furcht und Entsetzen erstarren. Ihre beiden Kameraden lagen an Händen und Füßen gefesselt auf Metallgestellen, die den Feldbetten in ihrer Zelle ähnelten. Neben ihnen standen jeweils mehrere Männer, die Messer und Skalpelle in ihren blutbeschmierten Händen hielten, mit deren Hilfe sie die beiden bei lebendigem Leib sezierten, bis nach einigen Minuten ihre Schreie verstummten und Rebecca und Miriam bewusstlos zusammenbrachen.

Als Rebecca vor Angst zitternd erwachte, fragte sie sich, ob das, was sie erlebt hatte, Wirklichkeit oder ein Alptraum gewesen sei. Nachdem auch Miriam wenig später wieder bei Bewusstsein war, setzte sich Rebecca auf ihr Bett, und die beiden umarmten einander lange, um sich gegenseitig Trost zu spenden. Weder Rebecca noch Miriam sprachen ein Wort, doch spürten beide, dass sie denselben Gedanken nachhingen.

Nachdem Rebecca sich wieder hingelegt hatte, betraten zwei Frauen den Raum, die Rebecca und Miriam bis auf die Unterwäsche entkleideten und sie anschließend mit ausgestreckten Armen und Beinen an ihre Bettgestelle fesselten. Rebecca schloss die Augen und ihr Herz raste, während sie für mehrere Minuten fürchtete, Josuas und Davids Schicksal teilen zu müssen, doch nahmen die Wärterinnen nach der Fesselung auf zwei Stühlen Platz, die sie zuvor hereingetragen hatten. Beide ließen Rebecca und Miriam nicht aus den Augen und schlugen ihnen mit Stöcken auf die Beine, wenn sie einschliefen, während sie bewegungsunfähig und beinahe nackt an den Posten der Feldbetten angekettet waren. Nach mehreren Stunden wurden die beiden Wächterinnen von zwei jüngeren, kaum 20 Jahre alten Kämpferinnen abgelöst, die nach kurzer Zeit begannen, Rebecca und Miriam zu verspotten und sie mit hasserfüllten, anzüglichen Bemerkungen zu quälen. Immer wieder spielten sie in ihren Gesprächen lachend auf Josuas und Davids Schicksal an und weckten in den beiden hilflosen Gefangenen die Angst, dass sie ein ähnliches Ende finden würden. Als Miriam, die wie Rebecca seit vielen Stunden nichts getrunken hatte und unter der unerträglichen Hitze litt, um Wasser bat, nahm eine der beiden Frauen ihre Flasche, drückte Miriams Nase zu und goss ihr eine große Menge Wasser in den Mund, so dass sie in Panik nach Luft rang und fürchtete, ersticken zu müssen. Während Miriam in Tränen ausbrach, lachte die Wärterin, verhöhnte sie und fragte Rebecca spöttisch, ob auch sie Durst habe. Miriam und Rebecca schien es, als ob eine Ewigkeit verging, bis die beiden Wächterinnen durch zwei andere junge Frauen abgelöst wurden, die sie noch nicht kannten und die beide ein gewisses Mitleid mit ihnen zu empfinden schienen. Nachdem etwa zwei Stunden vergangen waren, in denen die beiden Soldatinnen Miriam und Rebecca genau beobachteten, stand eine von ihnen auf, löste ihre Armfesseln und gab ihnen ihre Wasserflasche, die sie gierig austranken.

»Warum tut ihr uns das an?«, fragte Rebecca, nachdem die Wächterin ihre Arme wieder angekettet hatte.

»Wir alle hier haben Familienmitglieder bei den Invasionen und Bombardements der israelischen Armee verloren«, sagte eine der Palästinenserinnen. »Manche von uns haben miterlebt, wie ihre Kinder von Bomben in Stücke gerissen wurden oder lebendig in ihren Häusern verbrannt sind ... Aber ihr beide tut uns trotzdem leid. Wir werden unsere Pflicht erfüllen, aber wir sind keine Sadistinnen.«

Wenige Minuten nach diesem kurzen Gespräch fielen Rebecca und Miriam in einen ohnmachtsgleichen Schlaf, aus dem sie erst erwachten, als die beiden Wärterinnen, die sie zuerst bewacht hatten, wieder den Raum betraten.

In schier endloser Reihenfolge wechselten sich die Soldatinnen im Halbdunkel ihres Verlieses ab, bis Rebecca und Miriam jedes Zeitgefühl verloren und nicht mehr wussten, ob sie Tage oder Wochen in der modrigen Hölle tief unter der Erdoberfläche verbracht hatten. Immerhin betraten die beiden jungen Frauen, die sie anfangs erbarmungslos gequält hatten, nie wieder ihre Zelle. Manche Wärterinnen gaben ihnen zu essen und zu trinken, wenn auch nur wenig mehr, als nötig war, um sie vor dem Verdursten zu bewahren und ihren rasenden Hunger ein wenig zu lindern, und einige lösten ab und zu ihre Fesseln, damit sie sich für kurze Zeit aufsetzen oder umdrehen konnten. Dennoch entwickelten sich bei beiden blutende Druckgeschwüre an den Schultern, den Armen und den Füßen, und ihre Gelenke schmerzten durch die stramme Fesselung ihrer gespreizten Arme und Beine. Zudem litten beide zunehmend unter längeren Hustenattacken, die ihnen das Atmen zur Qual machten, während ihre Körper sich zusammenkrümmten und die Schmerzen in ihren Armen und Schultergelenken sich ins Unermessliche steigerten. Freilich erlöste sie immer öfter tiefe Benommenheit von ihren Leiden und vom Bewusstsein ihrer beinahe hoffnungslosen Lage und ließ sie den Frieden eines todesähnlichen Schlafes finden, bis schließlich zwei Männer den Raum betraten. Die beiden Soldaten nahmen ihre Fesseln ab und befahlen ihnen aufzustehen, bevor sie ihnen Handschellen anlegten. Rebecca und Miriam zitterten vor Angst und Schmerzen und brachen zweimal vor Schwäche zusammen, während die Männer sie über Treppen und durch mehrere Gänge nach oben führten. Schließlich bestiegen sie nach längerem Fußweg ein Fahrzeug, nachdem die palästinensischen Kämpfer ihre Köpfe mit schwarzen Kapuzen bedeckt hatten. Rebecca und Miriam erwarteten das Schlimmste, als die Soldaten am Ende der Fahrt ihre Arme ergriffen und sie zwangen, ihnen auf einem Weg zu folgen, an dessen Ende, wie sie fürchteten, der Tod stehen würde. Als ihre Peiniger die Kapuzen schließlich abnahmen, waren Rebecca und Miriam vom grellen Tageslicht geblendet und bemerkten erst nach einigen Augenblicken, dass sie vor einem kleinen Gebäude standen, auf dessen Dach die israelische Fahne wehte, und von israelischen Soldaten umringt waren. Auf der Fahrt zum Lazarett erfuhren beide, dass sie fünf Tage in palästinensischer Gefangenschaft verbracht hatten und schließlich gegen zwanzig Terroristen ausgetauscht worden waren.

Nachdem sie ein Militärkrankenhaus erreicht hatten, wurde festgestellt, dass Rebecca und Miriam dehydriert waren und stark an Gewicht verloren hatten. Darüber hinaus waren ihre Lungen mit Schimmelsporen infiziert, die Husten und Atemnot verursachten, aber noch nicht zu einer Lungenentzündung geführt hatten. Vor allem jedoch waren beide so stark traumatisiert, dass sie zunächst lange nicht über das Erlittene sprechen konnten. Erst nach zehn Tagen waren sie in der Lage, von ihrer Gefangenschaft zu berichten. Auf ihre Fragen nach Josuas und Davids Schicksal freilich antworteten die vernehmenden Offiziere ausweichend. Rebecca und Miriam erfuhren lediglich, ebenso wie später die Medien, dass der israelischen Armee zwei Urnen mit der Asche ihrer beiden Kameraden übergeben worden waren.

Nachdem die beiden Frauen sich nach etwa zwei Wochen von den körperlichen Folgen ihrer Geiselhaft erholt hatten, wurden sie wegen ihrer schweren seelischen Traumatisierung aus der Armee entlassen und kehrten zu ihren Familien zurück. Als Rebecca Ende November zu Hause ankam, waren ihre Eltern froh und zutiefst erleichtert, sie wiederzusehen, und versuchten, so gut sie es konnten, ihr ein Gefühl der Sicherheit zu vermitteln. Dennoch wurde sie fast jede Nacht von Alpträumen gequält, die immer wieder ihre Erlebnisse lebendig werden ließen, und auch während des Tages konnte sie oft nicht verhindern, dass die Bilder ihrer Gefangenschaft übermächtig wurden. Nach einigen Wochen begann Rebecca als Pflegehelferin in einer Klinik in Tel Aviv zu arbeiten, nicht zuletzt weil sie hoffte, dadurch ihren traumatischen Erinnerungen zu entrinnen. In der Tat half ihr diese Tätigkeit, neue Hoffnung zu schöpfen, zumal sie ihre Verbindung zu Miriam wiederaufgenommen hatte, die ebenfalls in Tel Aviv lebte und als Pflegerin in einem Krankenhaus arbeitete. In ihrer Freizeit verbrachten beide viel Zeit miteinander, sprachen aber nur selten über die Ereignisse während der Geiselhaft. Insbesondere vermieden sie es, Josuas und Davids Schicksal zu erwähnen, das wie ein unaussprechliches und niemals vergehendes Geheimnis in ihren Gedanken und Träumen gegenwärtig blieb. Manchmal, wenn ihre Erinnerungen sie zu überwältigen drohten, blickten sie sich stumm an und umarmten einander lange, bis die bedrängenden Phantasien vergingen. Zu dieser Zeit spürten beide, dass sie andere Wege gehen mussten und nicht für immer in Israel würden bleiben können. Da auch Miriam vorhatte, Ärztin zu werden, schlug sie Rebecca vor, mit ihr gemeinsam in den USA Medizin zu studieren. Rebecca gefiel die Idee, mit Miriam ein neues Leben in einem fernen Land zu beginnen, auf Anhieb, und wenige Wochen später bewarben sich beide um Studienplätze an einer amerikanischen Universität, von der sie im Frühjahr des folgenden Jahres eine Zusage erhielten, ebenso wie zwei Stipendien, die es ihnen erlauben würden, ihr Studium zu finanzieren. Auch wenn beiden der Abschied von ihren Familien schwerfiel, wussten sie, dass sie die richtige Entscheidung getroffen hatten, als sie im Juli Israel verließen. Schon bald nach ihrer Ankunft in Amerika wurde ihnen die Universität zu einer neuen Heimat, in der sie sich gemeinsam sicher und zuhause fühlten wie niemals zuvor. Nach mehreren Monaten begannen die traumatischen Ereignisse und die Alpträume, die sie anfangs noch fast jede Nacht heimgesucht hatten, langsam ihre Macht zu verlieren, auch wenn ihre Erfahrungen sie niemals ganz losließen ...

Als Rebecca aus ihrem Tagtraum erwachte, folgte sie Christian noch immer auf einem schmalen Wanderweg, der jetzt langsam bergab führte. Der Regen hatte aufgehört, und die Welt um sie herum war nicht mehr, wie zuvor, von Wolken eingehüllt, so dass Rebecca jetzt den See tief unter sich sah, der wie ein breiter Strom die weiten, dunklen Nadelwälder durchzog. Rebecca ließ die melancholische Landschaft auf sich wirken, deren Eindrücke sich mit den noch immer gegenwärtigen Bildern ihrer Phantasie vermengten. Als sie schließlich einige Zeit später das Ufer erreichten und die Staumauer überquerten, zeigten sich einzelne Lücken zwischen den Wolken, durch die erste Sonnenstrahlen auf das dunkle Wasser des Sees fielen und es aufleuchten ließen wie ein Licht, das die Finsternis der Nacht durchdrang.

Auf der Rückfahrt nach Freiburg erzählte Rebecca Christian ausführlich von ihren Träumen und sagte zum Schluss: »Diese Wanderung hat mich in eine andere Welt versetzt, und meine Phantasie hat das, was ich aus deinen Erzählungen wusste, in einer Weise lebendig werden lassen, wie ich es mir nie hätte träumen lassen.«

»Manchmal ist unsere Vorstellung der Wirklichkeit näher als die ausführlichsten Berichte und spiegelt einen Teil der Wahrheit wider, der uns ohne sie verborgen bliebe«, antwortete Christian.

»Das stimmt«, fuhr Rebecca fort. »Oft sind unsere Reisen eine Begegnung mit dem unbekannten Land in den Tiefen unserer Seele, egal wohin sie uns führen.«

»Ja«, erwiderte Christian, kurz bevor sie ihr Hotel erreichten. »Es war nicht unsere erste solche Reise, und es wird sicher nicht die letzte sein.«

»Morgen werden wir wieder eine kleine Wanderung unternehmen ...«

»Ja, auf den Berg in der Nähe von Freiburg, von dem ich dir erzählt habe ... Hoffentlich wird das Wetter besser.«

»Ganz bestimmt«, entgegnete Rebecca. »Aber auch bei Regen nehmen wir die Welt in unserem Inneren wahr, selbst wenn wir kaum die Hand vor Augen sehen.«

Als Rebecca und Christian am nächsten Morgen aufstanden, schien in der Tat die Sonne, und beide machten sich nach dem Frühstück auf den Weg, der sie zunächst stetig bergauf führte, bis sie nach gut einer Stunde an einem Aussichtspunkt, der an dem kühlen, wolkenlosen Frühsommertag einen weiten Blick auf das Rheintal und die Vogesen bot, eine Pause einlegten. Nach der kurzen Rast setzten sie ihre Wanderung fort und erreichten am frühen Nachmittag den Berggipfel, von dem aus sich in der trockenen Luft jenes Tages ein atemberaubendes Panorama eröffnete, das von den Schweizer Alpen bis zum Montblanc reichte und sie ihrer beengten Umgebung entrückte, als ob sie all ihre Erfahrungen und Gedanken aus der Perspektive der Ewigkeit wahrnähmen. Lange Zeit betrachteten sie die weiß leuchtenden Berge, die sich weit über die von leichtem Dunst bedeckten Landschaften vor ihnen erhoben, dem Blau des Himmels entgegen, hinter dem sich die schwarze Unendlichkeit des Alls verbarg.

Während sie Stunden später in einem Restaurant beim Abendessen saßen, sagte Rebecca:

»Dieser Blick auf die Alpen gehört zum Faszinierendsten, was ich je gesehen habe. Er lässt all meine Erfahrungen und auch den gestrigen Tag in einem anderen Licht erscheinen.«

»Ja … In solchen Augenblicken ist es manchmal fast so, als ob wir einen Blick in ein Universum jenseits des Materiellen werfen, in dem selbst die Abgründe der menschlichen Geschichte manches von ihrem Schrecken verlieren«, antwortete Christian, während beide einander mit einem Ausdruck tiefer Vertrautheit ansahen.

Nachdem Rebecca und Christian am nächsten Tag von ihrer kurzen Reise in den Schwarzwald nach Frankfurt zurückgekehrt waren, begann für sie wieder der Alltag, doch blieben ihre Erlebnisse vor allem in Rebeccas Gedanken und Träumen lange lebendig. Etwa zwei Wochen später unternahmen beide einen längeren Spaziergang am Mainufer, der sie auch zu der Villa in der Nähe des Ostbahnhofs führte, die noch immer in ihrer Phantasie gegenwärtig war. Es war der Abend eines warmen, fast heißen Sommertages, an dem die sich langsam dem Horizont zuneigende Sonne ein beinahe mildes Licht auf den Turm und die großen Bäume des verwilderten Parks warf. Der Anblick erinnerte Rebecca und Christian an die Reise ins südliche Afrika, die sie im Herbst des vergangenen Jahres unternommen hatten, und an die Ruinen von Groß-Zimbabwe. Nach einer Weile sagte Rebecca:

»Vielleicht klingt es etwas phantastisch, aber manchmal frage ich mich, ob nicht nur diese Villa, sondern ganz Frankfurt eines Tages ähnlich aussehen werden wie die Überreste von Groß-Zimbabwe.«

»Es kann gut sein, dass solche Gedanken nicht so weit hergeholt sind, wie es uns scheint. Nichts in der Geschichte hat für immer Bestand, und auch die Welt um uns herum ist so vergänglich wie alles andere. Diese Villa und das Schicksal der Familie ihrer Bewohner zeigen, wie schnell all das, was wir für selbstverständlich halten, zu Ende gehen kann und wie zerbrechlich die Sicherheit unseres Lebens oft ist, auch wenn wir alle natürlich solche Befürchtungen aus unserem Bewusstsein zu verbannen versuchen«, entgegnete Christian.

»Ja, leider hast du recht. Aber in solchen Momenten, in denen mir unsere Verwundbarkeit bewusst wird, denke ich an Erlebnisse wie den Anblick des Alpenpanoramas, die mich spüren lassen, dass die materielle Welt um uns herum nicht alles und nur ein Teil einer umfassenden Wirklichkeit ist«, sagte Rebecca und umarmte Christian.

Die Fremde

Ein pochendes, aus zwei rasch aufeinanderfolgenden, fallenden Tönen bestehendes Geräusch erfüllte die Luft, während Rebecca und ihr Freund Christian einen Wald durchstreiften, dessen Boden von wildem, alles durchdringendem Gestrüpp bedeckt war. Wucherndes Unterholz und verschlingende, dornenbewehrte Ranken umschlossen den Waldweg und drangen in ihn ein, als ob sie wüssten, dass auch dieser letzte Überrest menschlicher Zivilisation ihnen gehöre. Schließlich führte eine plötzliche, scharfe Biegung des Weges die beiden an einen Ort, wo die grausame Vegetation eine letzte, unüberwindliche Barriere bildete, während das klopfende, rhythmische Geräusch ihnen durch Mark und Bein drang ...

Nachdem Rebecca am nächsten Morgen erwacht war, beschäftigte der Traum zunächst nur kurz ihre Gedanken, bevor sie sich wieder dem Alltag zuwandte. Als sie jedoch etwa eine Woche später mit der Arbeit an einem neuen Stück begann, das auf dem Programm ihres nächsten Klavierabends stand, ließen die fallenden Tritonusintervalle am Anfang der Dante-Sonate von Franz Liszt plötzlich immer wieder kurze Szenen ihres Traumes lebendig werden, den sie als ebenso bedrohlich wie faszinierend empfand. Nach dem Abendessen erzählte sie Christian von ihrem Traumerlebnis und den zwiespältigen Gefühlen, die für sie damit verbunden waren. Christian umarmte sie lange und antwortete: »Wie du weißt, habe ich auch öfter solche Träume ... Übrigens habe ich seit ein paar Tagen begonnen, sie in eine Erzählung zu verwandeln.«

»Das gefällt mir ... und es passt zu dir. Wie ich dich kenne, wirst du damit bestimmt auch meine Gedanken und Empfindungen zum Ausdruck bringen.«

»Genau ... Ich werde es zumindest versuchen.«

»Sicher mit Erfolg«, sagte Rebecca und umarmte Christian, bevor sie fortfuhr:

»Worum geht es in deiner Erzählung?«

»Um das Schicksal einer jungen Frau, die auf der Suche nach einer neuen Heimat weit reist und doch zeitlebens eine Fremde bleibt«, erwiderte Christian und berichtete Rebecca vom geplanten Thema seiner Erzählung. Schließlich sagte er:

»Ich werde dich immer auf dem Laufenden halten ... Du wirst sicher auch einige gute Ideen haben.«

»Ganz bestimmt«, entgegnete Rebecca und fuhr fort: »Und ich werde am Schluss die erste Leserin sein.«

»Richtig«, antwortete Christian mit einem Lächeln. »Genau so habe ich es mir vorgestellt.«

In der folgenden Zeit widmete sich Christian neben seiner Arbeit als Dozent an der Universität jeden Tag für mehrere Stunden seiner Erzählung, die er nach etwa vier Wochen abschloss. Kurz darauf sagte er eines Abends zu Rebecca:

»Ich bin im Wesentlichen mit dem Manuskript fertig. Jetzt werde ich noch längere Zeit brauchen, um es Korrektur zu lesen und zu überarbeiten. Aber wenn du willst, kannst du dir den Text schon mal anschauen.«

»Das werde ich gerne tun. Es interessiert mich natürlich sehr, wie die Geschichte endet.«

»Ja ... Du weißt zwar, was am Anfang der Erzählung geschieht, aber das Ende kennst du noch nicht ... Freilich wird dir manches auch ziemlich bekannt vorkommen, weil du ja einige gute Einfälle beigesteuert hast.«

»Ja ... Auch wenn die Erfahrungen der Hauptfigur sehr schmerzlich sind, habe ich mich gerne daran beteiligt. Auf diese Weise bringt die Erzählung noch mehr von unseren Träumen und Alpträumen zum Ausdruck.«

»Genau ... Es ist für uns beide sehr wichtig, nicht zuletzt auch unsere Alpträume zu Papier zu bringen.«

»Ja ... Sie gehören zu unserem Leben wie die Nacht zum Tag gehört. Auf jeden Fall bin ich gespannt darauf, die ganze Geschichte zu lesen. Ich werde gleich morgen damit anfangen.«

Am Nachmittag des nächsten Tages, während Christian noch an der Universität beschäftigt war, nahm Rebecca das ausgedruckte Manuskript von Christians Schreibtisch und begann zu lesen:

Die Fremde

Elisa blickte in das stille Wasser des Sees, in dem sich ihr Gesicht spiegelte. Sie sah ihre dunkelbraunen, fast schwarzen lockigen Haare und ihre braunen Augen, in denen sich eine tiefe Melancholie ausdrückte. Für einen Augenblick spürte sie die Versuchung, sich mit dem Wasser zu vereinigen und ihre Schwermut in ihm zu ertränken. Dann jedoch hob sie die Augen und betrachtete die Welt um sie herum: den kleinen, abgelegenen, von hohen Pappeln umgebenen See, das Schilfdickicht am Ufer, die Moorlandschaft im rötlichen Licht des zu Ende gehenden Tages und in der Ferne die Felder und Ebenen der Ukraine. Kurz darauf jedoch bemerkte sie, wie spät es geworden war, und kehrte eilig zu den Wohnwagen zurück, in denen ihre Familie lebte und die sie nicht allzu weit von dem idyllischen Ort abgestellt hatte, den Elisa von früheren Aufenthalten kannte. Die 19-jährige Elisa wohnte mit zwei ihrer insgesamt neun Geschwister in einem kleineren der zehn Wagen, die der Großfamilie als Unterkunft dienten und die Zelte, Geräte und Tiere des Wanderzirkus beherbergten, mit dem ihre Roma-Familie auf der steten Suche nach einem bescheidenen Auskommen durch die Ukraine und Rumänien zog. Elisa war mit ihren zwei Schwestern schon seit ihrer Kindheit für die Pflege der Ponys und Pferde verantwortlich, auf denen ihre älteren Brüder Kunststücke vollführten, und half darüber hinaus ihrer Mutter und ihrer zwei Jahre älteren Schwester Maria im Haushalt. Ihr Tag begann um fünf Uhr morgens und endete oft erst kurz vor Mitternacht, außer an den Sonntagen, die beinahe die einzigen Tage waren, an denen Elisa einige Stunden Ruhe fand. Eine Schule hatte sie nie besucht. Als sie etwa zehn Jahre alt war, hatte Maria ihr, wie auch ihrer jüngeren Schwester, Lesen, Schreiben und die Grundrechenarten beigebracht und ihr danach gelegentlich geholfen, ihre zunächst noch bescheidenen Kenntnisse zu erweitern. Obwohl ihr das Lesen anfangs schwergefallen war, hatte sie sich zu einer leidenschaftlichen Leserin entwickelt, die alles Geschriebene in sich aufnahm, wann immer sie Zeit dazu fand. Nicht zuletzt spielte sie auch gelegentlich auf einem alten Klavier, das die Familie mit auf ihre Reisen nahm und auf dem Elisa und Maria die Zirkusvorstellungen musikalisch begleiteten. Ihr Interesse an diesem Instrument hatte vor etwa vier Jahren begonnen, als sie eine unwiderstehliche Versuchung spürte, auf dem

Klavier einige Melodien zu spielen, die ihr nicht aus dem Kopf gingen. Schon nach kurzer Zeit war sie in der Lage gewesen, eine große Zahl von immer längeren Melodien wiederzugeben, gefolgt von eigenen Improvisationen und selbst erfundenen kleinen Stücken. Wenig später hatte sie Maria in Erstaunen versetzt, als sie eine Sonate von Franz Liszt, die sie im Radio gehört hatte, auf dem Klavier nachspielte und fehlende Partien durch improvisierte Passagen ergänzte. Zu derselben Zeit trat sie immer öfter in den Vorstellungen des Wanderzirkus auf, wo manche Besucher sich über ihr musikalisches Talent erstaunt zeigten. Einmal hatte ein älterer Mann ihren Eltern sogar empfohlen, sie einer bekannten Pianistin in Kiew vorzustellen. Doch sowohl ihr Vater als auch ihre Mutter hielten nichts von solchen Vorschlägen und trieben sie in rüdem Ton zur Arbeit an, wenn sie ihrer Meinung nach zu viel las oder Klavier spielte. Lediglich Maria, die ihre musikalischen Neigungen teilte und ihrer Schwester körperlich und emotional sehr ähnlich war, spendete ihr Trost, wenn Traurigkeit und Hoffnungslosigkeit sie zu überwältigen drohten.

Kurz nach ihrem 19. Geburtstag, als die Familie im Westen der Ukraine unterwegs war, zeichnete sich eine tiefgreifende Veränderung in ihrem Leben ab. Drei von Elisas Brüdern standen kurz vor der Heirat und hatten Arbeitsstellen in Industriebetrieben gefunden, so dass sie in Kürze die Familie verlassen würden, obwohl ihre Eltern nichts unversucht gelassen hatten, um sie mit Versprechungen und Vorwürfen umzustimmen, weil sie den Zirkus ohne ihre Mitarbeit nicht würden weiterführen können. Schließlich hatten sie sich bereit erklärt, noch drei Monate länger im Zirkus ihrer Eltern zu arbeiten, doch wussten alle, dass die Familie danach eine neue

Heimat und eine andere, nicht weniger unstete Existenz würde suchen müssen. Eines Abends, als alle Familienmitglieder an einem selbstgezimmerten alten Holztisch im größten Wohnwagen saßen, sagte Elisas Vater Adrian, ein etwa 45-jähriger, untersetzter Mann mit dunkelbraunen Haaren, die an manchen Stellen bereits ergraut waren:

»Ich habe, wie oft in letzter Zeit, in den vergangenen Tagen über unsere Zukunft nachgedacht. Dabei ist mir eine Idee gekommen ... Wie ihr wisst, haben unsere Vorfahren lange in Deutschland gelebt, bevor sie kurz nach dem Jahr 1900 nach Osten gezogen sind, was Jahrzehnte später unserer Familie das Leben gerettet hat, auch wenn drei meiner Brüder im großen Krieg auf Seiten der Sowjetunion gefallen sind. Heute jedoch, fast 75 Jahre nach unserer Wanderung nach Russland, haben sich die Bedingungen in Deutschland und Westeuropa geändert. Während wir in der Ukraine und in Rumänien ständig angefeindet werden und um unseren Lebensunterhalt fürchten müssen, sollen die Bedingungen im Westen weit besser sein ... Nachdem wir den Zirkus aufgeben, werden wir uns Arbeit in der Landwirtschaft oder in der Industrie suchen müssen, und der Lohn etwa für Erntehelfer oder wandernde Arbeiter in der Landwirtschaft ist in Westeuropa höher ... Da unsere Vorfahren lange Zeit in Deutschland gelebt haben, bekämen wir dort wahrscheinlich eine Aufenthaltserlaubnis und früher oder später sogar die deutsche Staatsangehörigkeit und könnten so im Westen sicherer leben als hier, zumal wir dann das Recht hätten, uns innerhalb Westeuropas im Wesentlichen frei zu bewegen. Es wäre wohl das Beste für uns. Ich habe schon mit eurer Mutter darüber gesprochen ...«

»Ja«, antwortete Nadja, Elisas Mutter, eine eher kleine Frau mit beinahe schwarzen Haaren, die ein wenig jünger war als ihr Mann. »Auch ich glaube, dass eine Auswanderung nach Westen die beste Möglichkeit ist, die es gibt. Hier in der Ukraine hätten wir auf Dauer keine Zukunft.«

Maria und einer von Elisas älteren Brüdern stimmten ihren Eltern sofort zu, und niemand wagte ihnen zu widersprechen. Damit war die Entscheidung gefallen, und Elisas Vater begann schon in den folgenden Tagen mit der Vorbereitung ihrer Umsiedlung nach Westeuropa, weil er wusste, dass ihnen nicht mehr viel Zeit blieb. Eine Woche nach dem Gespräch mit seiner Familie fuhr Adrian nach Kiew und beantragte Visa für sich, seine Frau und die sieben Kinder, die mit der Familie nach Deutschland ziehen würden. Nachdem er alle notwendigen Unterlagen beschafft hatte, erhielt die Familie schließlich drei Monate später eine Aufnahmezusage des deutschen Konsulats. Anschließend begannen langwierige Verhandlungen mit den sowjetischen Behörden, die sich in die Länge zogen, bis die Eltern und ihre Kinder nach sechs weiteren Monaten die Genehmigung erhielten, die Sowjetunion zu verlassen. In dieser Zeit war das Leben für die Familie immer schwieriger geworden, weil Elisa und ihre sechs Geschwister ohne die Mitarbeit ihrer drei Brüder auskommen mussten, die zuvor als Artisten eine wichtige Rolle im Wanderzirkus ihrer Eltern gespielt hatten. Maria, Elisa, ihre zweite, ein Jahr jüngere Schwester Katja und ihre vier Brüder versuchten, so gut es ging, ihre Arbeit zu übernehmen und verbrachten oft viele Stunden mit dem Einüben von kleinen Kunststücken. Da Elisa gut mit Pferden umgehen konnte, errang sie mit ihren Dressurnummern nicht selten große Sympathien beim Publikum und trug so nicht unwesentlich zum Lebensunterhalt ihrer Familie bei. Eines Tages jedoch, etwa vier Monate vor ihrer Auswanderung nach Deutschland, erlitt sie einen Unfall, der ihre kleine Zirkuskarriere jäh beendete. Während sie die Pferde versorgte, schlug der größte Hengst plötzlich aus und traf mit seinem Huf ihren Kopf. Als Maria herbeieilte und ihrer Schwester half, war sie tief erschrocken angesichts der Verletzungen, die Elisa erlitten hatte. Aus ihrem Mund floss Blut, und in ihrem Oberkiefer fehlten mehrere Zähne, während andere teilweise abgebrochen waren. Maria stillte die Blutungen und versuchte Elisa zu trösten, bevor Maria und Katja Elisa zu einem Zahnarzt brachten, der ihr Schmerzmittel verschrieb und ihr sagte, sie solle in einer Woche wiederkommen. Als Elisa trotz ihrer Schmerzen am nächsten Tag wieder zu arbeiten begann, blieb Maria so lange wie möglich bei ihr und half ihr, so gut sie konnte. Elisas Vater hingegen hatte wenig Verständnis für das Missgeschick seiner Tochter und schrie sie mehrmals an, weil sie sich seiner Meinung nach unvorsichtig verhalten habe.

»So wie du jetzt aussiehst, wirst du im Zirkus noch nicht einmal mehr Klavier spielen können, und du wirst so auch keinen Mann finden«, sagte er einmal voller Verachtung, während Elisa von Schmerzen gequält im Bett lag. Elisa war unfähig, darauf zu antworten, und brach in Tränen aus, während Maria ihr Trost zuzusprechen versuchte.

Im Lauf der nächsten Wochen und Monate wurden Elisas ausgeschlagene Zähne nach und nach durch Prothesen ersetzt, so dass sie wieder als Pianistin im Zirkus auftreten konnte, was ihren Vater ein wenig besänftigte. Dennoch waren die Folgen des Unfalls noch immer sichtbar, und nicht zuletzt hatte Elisa immer wieder Schmerzen, die sie manchmal abends stundenlang wach hielten.

Eines Nachts, etwa vier Wochen vor ihrer geplanten Abreise, sagte Elisa zu Maria, die ihr während ihrer schlaflosen Nächte häufig Gesellschaft leistete:

»Oft fühle ich mich wie eine Fremde in unserer Familie und in der Welt ... Vielleicht werde ich im Westen eine neue Heimat finden, aber ich bezweifle es. Manchmal glaube ich, dass ich nirgends jemals zu Hause sein werde.«

»Ich weiß genau, was du meinst, und mir geht es nicht selten ähnlich. Aber du solltest die Hoffnung nicht verlieren. Wir haben fast unser ganzes Leben noch vor uns.«

Elisa nickte, während ihre Schwester lange ihre Hand hielt, bis sie schließlich für mehrere Stunden Schlaf fand.

Zur selben Zeit verkaufte ihr Vater fast den gesamten Wanderzirkus außer zwei Wohnwagen, in denen die Familie ihre letzten Wochen in der Ukraine verbrachte, bevor Adrian, Nadja und ihre sieben Kinder Ende März des Jahres 1984 nach Westen aufbrachen. Ihr Weg sollte sie zunächst mit dem Zug von Kiew nach Budapest und von dort über Wien nach Mannheim führen, wo entfernte Verwandte ein Quartier für ihre ersten Monate in Deutschland organisiert hatten. Als sie schließlich an einem Abend im Frühjahr Kiew verließen, warf Elisa einen letzten Blick auf die Ebenen der Ukraine, wo sie fast ihre gesamte Kindheit und Jugend verbracht hatte. Vor allem während der unruhigen Nacht im engen Zugabteil kehrten ihre Gedanken immer wieder zu dem kleinen See zurück, an dessen Ufer sie sich gerne ihren Träumen und ihrer unstillbaren Sehnsucht nach Liebe und Geborgenheit überlassen hatte. Sie wusste, dass der See nicht weit von der ungarischen Grenze entfernt war, der sich der Zug im fahlen Licht der aufgehenden Sonne näherte, und dass er ihr in diesen Augenblicken sehr nah und doch unerreichbar fern war.

Am frühen Nachmittag des nächsten Tages erreichten sie Budapest und bestiegen dort den Zug nach Frankfurt. Weit nach Mitternacht, als sie bereits die deutsche Grenze passiert hatten, stand Elisa auf und blickte aus dem Fenster auf die vom Mondlicht beschienene Hügellandschaft Süddeutschlands, die ihr fremd und geheimnisvoll erschien und doch gleichzeitig die vage Hoffnung auf ein neues Leben weckte. Bei ihrer Ankunft in Frankfurt war es noch dunkel, doch ahnte sie bereits beim Anblick des Bahnhofs und der Reisenden, die zu dieser frühen Stunde unterwegs waren, dass das Leben im Westen wesentlich anders sein würde als die Welt, die ihr bis dahin vertraut gewesen war. Nach einer letzten, kurzen Zugfahrt wurden sie von einem ihrer Verwandten am Bahnhof abgeholt und zu ihrer Unterkunft in einem älteren, leicht heruntergekommen wirkenden Stadtteil Mannheims begleitet. Nach etwa einer Dreiviertelstunde durchquerten sie den Torbogen eines Hauses mit einer Gründerzeitfassade und betraten einen Innenhof mit einer Autowerkstatt, neben der eine enge, steile Holztreppe mit stark ausgetretenen Stufen nach oben führte. Ihre Wohnung befand sich im fünften Stock unter dem Speicher und bestand aus zwei größeren Räumen. In einem der beiden Zimmer lagen sechs Matratzen auf dem Boden, während der zweite Raum die Schlafquartiere der verbleibenden drei Familienmitglieder und einen großen Tisch mit fünf Stühlen beherbergte. Die Küche, das fensterlose Bad und die Toilette mussten sie sich mit einer rumänischen Großfamilie teilen, die in einer ähnlichen Wohnung auf der anderen Seite des

Ganges hauste. Adrian und Nadja protestierten lautstark gegen ihre Unterbringung, die nicht den ursprünglichen Versprechungen und ihren Erwartungen entsprach, und vor allem gegen die Miete, die überhöht und nur schwer aufzubringen war. Letztlich jedoch erwiesen sich alle Vorwürfe, Bitten und Drohungen als nutzlos, und die Familie musste mit den beiden Räumen vorliebnehmen, an deren Decken und ehemals weiß gestrichenen Wänden sich große bräunliche Stockflecken ausgebreitet hatten und deren Fenster einen Blick auf den trostlosen Hinterhof boten, der mit Mülltonnen, Fahrzeugteilen und einem ausgeschlachteten Autowrack angefüllt war. Elisa schlief neben Maria und Katja im Wohnzimmer, wo die Familie aß und einen großen Teil ihrer karg bemessenen Freizeit verbrachte. Wenigstens ließ die Nähe ihrer beiden Schwestern Elisa die bedrückende Umgebung leichter ertragen, die in ihr sehnsüchtige Erinnerungen an die Weite der ukrainischen Landschaft weckte, die ihr im Rückblick wie ein Paradies erschien.

Bereits am zweiten Tag nach ihrer Ankunft begannen Adrian und Nadja mit der Suche nach Arbeit für sich und ihre Kinder. Bald darauf arbeitete Elisa, wie Maria und Katja, als Näherin in einer Kleiderfabrik und abends als Putzhilfe. Wenn sie auf dem Weg nach Hause die erleuchtete Innenstadt mit ihren Warenhäusern, Cafés und Läden durchquerte, bewunderte sie den Wohlstand der westlichen Großstadt und ahnte doch gleichzeitig, dass er für sie und die meisten ihrer Geschwister unerreichbar bleiben würde. Da ihr Arbeitstag fast zwölf Stunden dauerte, hatte sie am Abend oft kaum Zeit für mehr als die Körperpflege und das Abendessen mit ihren Schwestern. Elisa, Maria und Katja, die etwas größer war als Elisa und Maria und ein wenig jünger wirkte, als es ihrem Alter von 18 Jahren entsprach, erzählten einander jeden Tag von ihren Erlebnissen und sprachen sich gegenseitig Mut zu. Auch die Wochenenden verbrachten sie großenteils gemeinsam und unternahmen bei schönem Wetter oft Spaziergänge entlang des Neckars und des Rheins, die es ihnen erlaubten, den beengten Verhältnissen in ihrer Wohnung wenigstens für einige Stunden zu entkommen. Im Frühjahr und im Frühsommer saßen alle drei nicht selten für längere Zeit auf einer Wiese am Neckar, beobachteten die Schiffe und die Spaziergänger, lasen und lernten gemeinsam Deutsch. Elisa hatte rasch eine fast freundschaftliche Beziehung zu der Buchhändlerin entwickelt, bei der sie als Reinigungskraft arbeitete und die ihr manchmal einige deutsche Bücher schenkte, die Elisa immer leichter verstand, so dass ihr das Lesen in der zunächst noch fremden Sprache bald mehr und mehr Freude bereitete. Freilich vermissten sie und Maria ihr Klavier, das sie in der Ukraine hatten zurücklassen müssen.

»Ich weiß nicht, ob ich jemals wieder ein Klavier haben werde ... Es gehört zu den Dingen, die mir am meisten fehlen«, sagte Elisa eines Tages zu Maria.

»Ja ... Du hast ein ganz außergewöhnliches musikalisches Talent. Vielleicht kannst du irgendwann später etwas daraus machen.«

»Ehrlich gesagt, ich glaube nicht daran«, erwiderte Elisa mit einem tief traurigen Gesichtsausdruck, während Maria ihre Hand ergriff, um sie zu trösten.

Einige Zeit später, Anfang Juli, erfuhr die Familie, dass die Kleiderfabrik, in der Elisa und ihre Schwestern arbeiteten, viele Näherinnen würde entlassen müssen, weil sie sich kaum noch gegen billige ausländische Konkurrenz behaupten konnte. Da auch drei von Elisas Brüdern die bevorstehende Kündigung mitgeteilt worden war, beschlossen ihre Eltern, ihr Glück anderswo zu suchen, und nach einer Weile fand Adrian mit Hilfe seiner Verwandten für sich, Nadja und ihre Kinder Arbeit in einem großen landwirtschaftlichen Betrieb in der Nähe von Oostende in Belgien, wo die Familie auch wohnen würde.

So packten alle Mitte August ihre wenigen Habseligkeiten und traten am frühen Morgen eines anbrechenden Hochsommertages eine weitere Reise ins Ungewisse an, die sie zunächst nach Frankfurt führte, wo sie gegen acht Uhr einen Zug nach Oostende bestiegen. Elisa, Maria und Katja suchten sich Plätze in einem Abteil, in dem bereits drei Frauen saßen, die aus Budapest kamen und die Nacht im Zug verbracht hatten. Da ihre drei Mitreisenden ziemlich gut Russisch sprachen, erfuhren Elisa und ihre Schwestern, dass zwei der Frauen einige Jahre in der Ukraine verbracht hatten und dass eine von ihnen sogar den kleinen See kannte, der für Elisa mit so vielen Erinnerungen verbunden war, die für einen kurzen, ebenso träumerischen wie schmerzhaften Augenblick wieder lebendig wurden, während der Zug im hellen Sonnenlicht des beginnenden Vormittags Frankfurt verließ. Wenig später, als sie am Rhein entlang nach Nordwesten fuhren, öffnete Elisa das Fenster auf dem Gang und betrachtete im warmen Fahrtwind das Flusstal mit seinen Felsen und Burgen, die Landschaft eines fremden Landes, die sie manchmal noch immer, wie bei ihrer Ankunft Monate zuvor, für einige gedankenverlorene Momente an die ferne Erfüllung ihrer tiefsten Sehnsüchte glauben ließ. Am späteren Nachmittag jedoch, als sie mit einer längeren Verspätung Oostende erreichten, hatte sich der

Himmel eingetrübt, und dunkle Wolken bedeckten die Ebenen Flanderns mit der Schwärze endloser Melancholie.

Der Bauernhof, auf dem die Familie arbeitete, lag etwa zehn Kilometer von Oostende entfernt in der Nähe der Küste. Elisa, Maria, Katja und ihre Brüder ernteten zunächst bis in den Herbst hinein Äpfel, Birnen und andere Früchte, bevor sie im Spätherbst und im Winter Arbeiten im Stall verrichteten, die Kühe und Schweine versorgten und die riesigen Ställe ausmisteten, in denen Hunderte von Tieren untergebracht waren. Am Wochenende verbrachten Elisa und ihre beiden Schwestern oft einige Stunden am Strand, und nicht selten ging Elisa abends oder am Sonntag alleine zum Meer, setzte sich auf einen vom Sturm angetriebenen Holzstamm und blickte auf die vom stetig wehenden Wind aufgewühlte See und den meist grauen Himmel, aus dem immer wieder Regentropfen und Schauer fielen. Manchmal sah sie in einiger Entfernung, wie Fähren und Tragflügelboote den Hafen von Oostende verließen und sich auf die Fahrt nach England begaben. In solchen Augenblicken fühlte sie ein zwiespältiges, zwischen Hoffnung und Verzweiflung schwankendes Fernweh in sich aufsteigen, dessen sie sich nicht erwehren konnte, so sehr sie es auch versuchte. Wenn Elisa anschließend in ihre Unterkunft in einem modernen, aus Holz errichteten Nebengebäude des Bauernhofs zurückkehrte, in dem sie mit ihren Schwestern in einem größeren, holzgetäfelten Zimmer lebte, spürte Maria die ambivalenten Gefühle, mit denen ihre Schwester kämpfte, und sprach ihr Mut zu, indem sie sagte: »Auch unsere Reise hat ein Ziel, selbst wenn wir es nicht kennen, und auch wir haben eine Heimat, selbst wenn wir nicht wissen, wo sie liegt.«

In der Tat verlor Elisa nicht das Vertrauen in die Zukunft und lernte mit Maria weiterhin Englisch und Deutsch, weil sie ahnte, dass sie eines Tages nach Deutschland zurückkehren würde.

Als der Winter zu Ende ging, erfuhren Adrian und seine Familie, dass sie sich eine neue Arbeitsstelle würden suchen müssen, die sie durch Vermittlung ihres bisherigen Arbeitgebers in einem Landwirtschaftsbetrieb in der Grafschaft Kent in Südengland fanden. Mehrere Wochen später, Ende März, bestiegen sie schließlich die Fähre nach Dover, die Oostende an einem stark windigen, beinahe stürmischen Tag verließ. Auf der Überfahrt starrte Elisa stundenlang schweigend auf die grauweiße See und die düsteren Wolken, die mit dem Wasser eins zu werden schienen, als ob sie Teil eines weltumspannenden Ozeans wären, in dem sich alle Grenzen auflösten. Wieder und wieder drangen Bilder, Melodien und Gedankenfetzen in ihr Bewusstsein, Erinnerungen an die von Nebel und Wolken erfüllten Täler und die bewaldeten, schneebedeckten Berge der Karpaten, die sie mit ihrem Wanderzirkus oft bereist hatten, die Klänge der Liszt-Sonate, die sie einst im Radio gehört und auf ihrem Klavier nachgespielt hatte, und Worte ihres Vaters, der sie in letzter Zeit mehr denn je zuvor als nutzlose Tagträumerin beschimpft und der Faulheit bezichtigt hatte, weil sie mit dem geforderten hohen Arbeitstempo nicht immer mithalten konnte.

Erst als Elisa und ihre Familie am frühen Nachmittag Dover erreichten, begannen sich die Wolken zu lichten, und der starke Wind ließ langsam nach. In Dover wurden sie von den beiden Söhnen ihres neuen Arbeitgebers abgeholt und in zwei VW-Bussen zu dem Bauernhof gebracht, auf dem sie während der nächsten drei Monate arbeiten sollten. Auch hier waren Elisa und die anderen Mitglieder ihrer Familie vorwiegend im Stall beschäftigt, wobei Elisa das Glück hatte, zur Pflege der zahlreichen Pensionspferde eingeteilt zu werden, die im Auftrag ihrer Besitzer auf dem Bauernhof untergebracht waren. Bald fiel dem Landwirt auf, dass Elisa eine besondere Beziehung zu Pferden hatte, und er wusste ihre Arbeit zu schätzen. Ihre Eltern freilich waren darüber eher wenig erfreut und beschuldigten Elisa, sich bei dem Besitzer des Hofs einzuschmeicheln und die harte Arbeit in den Schweineställen zu meiden.

Eines Abends, als Elisa nach dem Essen für einige Augenblicke mit ihrem Vater allein war, sagte er mit beinahe hasserfüllter Stimme: »Während wir bis zum Umfallen arbeiten und die Drecksarbeit erledigen, spielst du mit den Pferden ... Ich hoffe, dass du nicht wieder von einem deiner Lieblinge getreten wirst. Sonst findest du nie einen Mann und liegst uns ewig auf der Tasche.«

Elisa fühlte sich von seinen Worten tief verletzt, und Maria fiel es schwer, sie zu trösten, nachdem Elisa ihr nach langem Zögern schließlich erzählte, was sich ereignet hatte.

Wie in Oostende unternahmen Elisa und ihre Schwestern an den Wochenenden regelmäßig längere Spaziergänge durch die Parklandschaft im Südosten Englands und zum Meer, das auch hier nicht weit entfernt war, und genossen die Wärme und den Sonnenschein des Frühjahrs. Nach wie vor lernten Elisa und Maria gemeinsam Englisch und Deutsch und machten erstaunliche Fortschritte, so dass beide bald in der Lage waren, sich fließend auf Englisch auszudrücken und in beiden Sprachen Bücher ohne allzu viel Mühe zu verstehen. Katja nahm allerdings immer öfter nicht mehr an ihren gemeinsamen Ausflügen teil, denn sie hatte in den Wochen seit ihrer Ankunft eine immer engere Beziehung zu einem jungen Mann entwickelt, der auf demselben Bauernhof arbeitete und nicht weit entfernt in einem Dorf lebte. Bald wurden sie ein Paar, und Katja verließ ihre Unterkunft auf dem Bauernhof, wo sie wieder gemeinsam mit ihren Schwestern in einem Raum untergebracht war. Nachdem Katja ausgezogen war, sagte Elisa eines Abends zu Maria:

»Ich hoffe für dich, dass auch du bald einen netten Mann findest, auch wenn ich dann ganz allein hier zurückbliebe.«

»Ich habe dieselbe Hoffnung für dich«, erwiderte ihre Schwester. »Ich weiß, wie du dich fühlst ... Ohne mich und ohne eine feste Beziehung wärst du endgültig eine Fremde in unserer Familie und auf der Erde, zumal unsere Eltern dich offenbar geradezu hassen und verachten, obwohl du mit deiner Liebe zu den Pferden deinen Teil zu unserem Einkommen beiträgst.«

Elisa nickte und antwortete: »Wenn ich mich um die Pferde kümmere, bin ich manchmal fast glücklich ... Es ist beinahe, wie wenn ich Klavier spiele.«

»Ich weiß. Auch ich werde wohl noch eine Weile bei dir bleiben, und ich glaube, das ist auch gut so«, entgegnete Maria und umarmte Elisa.

Einige Monate später, Anfang Juli, endete der befristete Arbeitsvertrag der Familie in England, doch Elisas Eltern hatten rechtzeitig eine neue Beschäftigung auf einem Bauernhof südöstlich von Mannheim gefunden, wo Adrian, Nadja und ihre verbleibenden sechs Kinder als Erntehelfer arbeiten sollten. Auch für ihre Unterkunft war bereits gesorgt, denn sie hatten sich trotz allem entschlossen, in dieselbe Wohnung zurückzukehren, in der die Familie bereits bei ihrem ersten Aufenthalt gelebt hatte, weil ihr niedriges Einkommen als Saisonarbeitskräfte ihnen kaum eine andere Wahl ließ.

Am Tag vor ihrer Abreise sahen Elisa und Maria ihre Schwester Katja zum letzten Mal. Während des kurzen Besuchs bei ihrer Familie erzählte Katja ihnen, dass sie schwanger sei und dass sie und ihr Freund Michael bald heiraten würden. Ihre Schwestern und ihre Eltern bedauerten, dass sie bei der Hochzeit nicht würden anwesend sein können, doch waren Adrian und Nadja auch erleichtert darüber, dass Katja ihrer eigenen Wege ging und nicht mehr von ihrer Familie abhängig sein würde. Obwohl Elisa sich darüber freute, dass ihre Schwester glücklich schien, empfand sie doch zugleich auch Angst und Schmerz, weil sie wusste, dass wahrscheinlich auch Maria sie eines Tages verlassen würde.

Als Elisa und ihre Familie am nächsten Tag nach Deutschland aufbrachen, schien die Sonne von einem fast wolkenlosen Himmel, wie oft in jenen Tagen und Wochen, und auch die See war so glatt und ruhig wie selten. Das wunderschöne sommerliche Wetter begleitete sie bis nach Mannheim und ließ die Landschaften Flanderns und Ostbelgiens in einem völlig anderen Licht erscheinen als während ihrer Fahrt nach Oostende beinahe ein Jahr zuvor, doch beschlich Elisa in manchen Augenblicken die dunkle Ahnung, dass sich die friedvolle Idylle jenes Tages ebenso wie die Bilder ihrer Phantasie am Ende als Illusion erweisen würden. Trotzdem genoss sie gemeinsam mit ihrer Schwester die Stunden der Reise und die Träume, die sie in ihr weckten, auch wenn sie im tiefsten Inneren spürte, dass sie wohl niemals Wirklichkeit werden würden.

Nachdem sie ihre Wohnung in Mannheim erreicht hatten, blickte Elisa aus dem Fenster des Zimmers, das sie mit Maria und ihren Eltern teilte, auf den asphaltierten, von grauen, rußgeschwärzten Wänden umgebenen Hinterhof, in den schon am frühen Abend kein Sonnenstrahl mehr drang, und empfand für einen langen Augenblick ein Gefühl der Hoffnungslosigkeit, bis Maria ihren rechten Arm um ihre Schulter legte.

»Wir sind zusammen und werden uns auch hier wieder zu Hause fühlen«, sagte Maria nach einer Weile.

»Das stimmt. Solange du bei mir bleibst, ist alles in Ordnung«, antwortete Elisa.

Maria nickte, tief berührt von den Worten ihrer Schwester, und umarmte sie lange, bevor die beiden ihre wenigen Sachen auspackten und danach in einem Becken in einem feuchten, unverputzten Kellerraum, der als Waschküche diente, ihre Wäsche wuschen.

Am nächsten Morgen wurden sie um sechs Uhr von einem Angestellten ihres neuen Arbeitgebers in einem Minibus abgeholt und zu ihrem Arbeitsplatz auf einem Bauernhof gebracht, der etwa eine halbe Autostunde von Mannheim entfernt in der Rheinebene südlich von Heidelberg lag. Dieses Mal jedoch wohnten sie nicht, wie sonst vielfach üblich, auf dem Hof, sondern wurden jeden Tag morgens abgeholt und abends wieder nach Hause gebracht, weil der Landwirtschaftsbetrieb nicht über ausreichende Unterbringungsmöglichkeiten verfügte und die Zeit ihrer Beschäftigung ohnehin auf vier Monate befristet war.

Auch auf diesem Bauernhof ernteten die Mitglieder der Familie während des Sommers und des Herbstes wieder Erdbeeren, Pflaumen und Äpfel, arbeiteten aber auch öfter in einem großen Waldstück in der Nähe einer

Autobahn, das dem Betrieb gehörte. Hier bestand ihre Aufgabe vor allem darin, Unterholz und Pflanzen zu beseitigen, die bei der Bewirtschaftung des Waldes störten. Während Elisas Brüder die stundenlange Arbeit mit Sägen und Astscheren ohne Schwierigkeiten bewältigten, waren Maria und vor allem Elisa nach einiger Zeit erschöpft, und die Arbeit ging ihnen langsamer von der Hand. Wenn Elisa in der sommerlichen Hitze nach Atem rang und eine Pause einlegte, schrien ihr Vater und ihre Mutter sie an und beschuldigten sie der Faulheit und Rücksichtslosigkeit gegenüber ihren Geschwistern, so dass es Maria schwerfiel, sie zu beruhigen und zu trösten. Vermutlich hätten sich Adrian und Nadja Elisa gegenüber noch feindseliger verhalten, wenn nicht auch ihre Brüder sie in Schutz genommen hätten. Manchmal graute es Elisa beinahe vor dem Wald, der mit seinen wild wuchernden Brombeerranken und großen Exemplaren des Riesen-Bärenklaus auf sie bedrohlich und unheimlich wirkte. Wenn sie abends über ihre Arbeit sprachen, gestand Maria ihr einige Male, dass es ihr ähnlich gehe. Vor allem jedoch empfand sie tiefes Mitleid für ihre Schwester, die unter den Erniedrigungen und Angriffen ihrer Eltern litt und mehr als je zuvor ihre emotionale Unterstützung brauchte, zumal sie in jenen Wochen zunehmend mit starken Zahnschmerzen und Fieber kämpfte, die ihr das Leben mehr und mehr zur Qual machten, nachdem sie bereits zuvor langsam, aber stetig an Gewicht verloren hatte.

Nachdem Maria und ihr ältester Bruder, Mario, Elisa dringend geraten hatten, einen Zahnarzt aufzusuchen, sagte Nadja eines Abends zu ihr:

»Wenigstens haben wir hier im Unterschied zu früher eine gute Krankenversicherung. Du solltest die Gelegenheit nutzen und endlich deine Zähne in Ordnung bringen lassen. Dein Gebiss ist ohnehin nicht gerade eine Augenweide.«

Da sich ihre Schmerzen in dieser Nacht noch weiter verschlimmerten, vereinbarte Elisa am nächsten Tag einen Termin bei einem Zahnarzt, der sie freilich einen ganzen Arbeitstag kostete, weil keine Termine außerhalb ihrer langen Arbeitszeiten verfügbar waren. Ihre Eltern machten aus ihrem Zorn darüber keinen Hehl und ließen Elisa wie so oft ihren Hass und ihre Verachtung spüren.

Nachdem der Arzt am Tag darauf Elisas Zähne untersucht hatte, zeigte er sich entsetzt über ihren Zustand und sagte mit einem Ausdruck des Mitgefühls:

»Sie leiden unter einer ausgedehnten Karies und Zahnfleischentzündung. Außerdem entsprechen die Kronen und Amalgamfüllungen nicht westlichen Standards. Es ist kein Wunder, dass Sie so starke Zahnschmerzen haben. Erstaunlich ist eher, dass Sie die Schmerzen so lange ausgehalten haben ... Nicht zuletzt aber besteht bei einer so lang andauernden, starken Zahnfäule leider die Gefahr, dass das Herz in Mitleidenschaft gezogen wird ... Ich empfehle Ihnen die Anfertigung einer Oberkieferprothese, deren Kosten bei einer so schweren Erkrankung auf jeden Fall von der Krankenkasse übernommen werden.«

Nachdem Elisa sich nochmals vergewissert hatte, dass die Krankenkasse für sämtliche Kosten aufkommen würde, stimmte sie schließlich zu, obwohl sie wusste, dass ihre Eltern kein Verständnis dafür aufbringen würden, dass sie wahrscheinlich einen weiteren Arbeitstag verlieren würde. Zum Schluss füllte der Zahnarzt notdürftig die zahlreichen Löcher in Elisas Zähnen und verschrieb ihr Schmerzmittel, ein fiebersenkendes Mittel und Antibiotika, um eine Ausdehnung der Infektion zu verhindern.

Als sie ihren Eltern abends von ihrem Besuch beim Zahnarzt berichtete, zeigten sie sich immerhin erstaunlich gelassen, und ihr Vater sagte schließlich: »Wir haben schon damit gerechnet, dass du einen weiteren Tag zu Hause bleiben musst. Vielleicht kannst du danach wenigstens richtig mitarbeiten und stehst nicht so oft nutzlos herum.«

»Ich werde tun, was ich kann«, erwiderte Elisa.

»Das glaube ich dir«, sagte Maria, und ihre Brüder nickten zustimmend, ohne dass ihre Eltern darauf antworteten.

In der Tat ging es Elisa am nächsten Tag besser, weil Zahnschmerzen und Fieber verschwunden waren, und sie musste weniger oft Pausen machen, obwohl sie sich noch immer manchmal schwach fühlte und das Arbeitspensum kaum bewältigen konnte.

Vier Wochen später erhielt Elisa von der Zahnarztpraxis die Nachricht, dass ihre Oberkieferprothese fertig sei, und vereinbarte einen Termin, bei dem die Prothese wenig später im Rahmen einer ambulanten Operation implantiert wurde. Obwohl sie danach bald wieder normal essen konnte und auch langsam wieder zunahm, litt sie noch immer unter einem wiederkehrenden Gefühl der Schwäche, das sich vor allem während der anstrengenden Arbeit im Wald bemerkbar machte und sie zu längeren Pausen zwang. Obwohl Elisa ihre Eltern flehentlich um Entschuldigung bat, weil sie sich manchmal einer Ohnmacht nahe fühlte, bekam sie immer wieder ihre Gehässigkeit und Verachtung zu spüren, vor denen ihr nur Marias tiefe Zuneigung Schutz bot.

»Ich glaube, dass ich Probleme mit dem Herzen habe. Es schlägt manchmal unregelmäßig, und ich spüre, dass etwas nicht stimmt. Wahrscheinlich hatte der Zahnarzt recht. Die vielen verfaulten Zähne haben mein Herz geschädigt«, sagte Elisa eines Abends zu Maria.

»Ja, das ist leider gut möglich. Vielleicht hast du eine Herzklappenentzündung. Du solltest unbedingt nochmal zu einem Arzt gehen.«

»Das werde ich tun ... Aber nicht zuletzt setzt mir der Hass unserer Eltern zu.«

»Ich weiß«, antwortete Maria. »Ehrlich gesagt, ich verstehe überhaupt nicht, warum sie dich so behandeln. Du tust bei der Arbeit, was du kannst. Aber möglicherweise bist du einfach zu verschieden von ihnen und von den anderen in unserer Familie ... außer mir.«

»Das stimmt. Wenigstens verstehst du mich ... Vielleicht hängt es auch damit zusammen, dass ich schon immer eine Tagträumerin war und ein wenig in einer Welt in meinem Inneren gelebt habe.«

»Da hast du sicher recht ... Du hast die Seele einer Poetin ... und außergewöhnliches Talent, vor allem für das Klavierspielen. All das sind Dinge, für die unsere Eltern kein Verständnis haben.«

Elisa errötete leicht und erwiderte: »Ja, vielleicht ist es so ...«, während Maria sie lange umarmte.

Eine Woche nach dem Gespräch mit ihrer Schwester ging Elisa an einem ihrer wenigen freien Nachmittage zu einem Arzt, der Marias Verdacht einer beginnenden Herzklappenentzündung bestätigte und ihr nochmals Antibiotika verschrieb. Durch die Behandlung besserte sich Elisas Gesundheitszustand, und ihre Schwächeanfälle wurden seltener, auch wenn sie nicht ganz verschwanden. Da sie mehr und mehr zu Kräften kam, war sie besser in der Lage, die tägliche Arbeit auf dem Bauernhof zu bewältigen, was den Zorn ihrer Eltern etwas besänftigte, obwohl ihre Ablehnung immer spürbar blieb.

Einige Zeit später, an einem Samstag Ende August, brachte Maria ein Buch mit nach Hause, das sie an jenem Tag gekauft hatte und das sie noch am selben Abend zu lesen begann. Auch während Elisa und Maria den Sonntagnachmittag auf einer Wiese am Neckar verbrachten, war Maria noch mit der Lektüre der *Verwandlung* von Franz Kafka beschäftigt. Auf ihre Frage erzählte Maria Elisa, worum es in der Erzählung gehe, und fügte zum Schluss hinzu:

»Die Hauptfigur erinnert mich ein wenig an dich. Es ist die Geschichte eines jungen Mannes, der von seiner Familie abgelehnt und gehasst wird. Leider endet sein Leben nach der Verwandlung tragisch.«

Elisa nickte und fragte Maria, ob sie ihr das Buch am darauffolgenden Wochenende leihen könne. Als sie am nächsten Samstag, einem der ersten Septembertage, am Ufer des Flusses saß und sich mit der *Verwandlung* beschäftigte, war Maria, entgegen ihrer sonstigen Gewohnheit, nicht bei ihr. Auf Elisas Frage, ob sie etwas vorhabe, war Maria leicht errötet und hatte ausweichend geantwortet, so dass Elisa eine vage, zwiespältige Ahnung empfunden hatte. Nachdem Maria am Abend nach Hause zurückgekehrt war, spürte Elisa, dass sie mit einem tiefen Zwiespalt kämpfte und fragte sie, was sich ereignet habe.

»Ich wollte es dir bis jetzt noch nicht sagen ...«, antwortete Maria verlegen und fuhr fort: »Letzte Woche habe ich in der Buchhandlung, wo ich das Buch gekauft habe, einen Mann kennengelernt. Wir sind uns zufällig begegnet und haben uns auf Anhieb sympathisch gefunden. Nachdem er einige Bücher gekauft hatte, sind wir ein wenig durch die Stadt gelaufen und hatten uns jede Menge zu erzählen. Er ist Arzt, 29 Jahre alt, kommt aus den USA und lebt in der Nähe von Baltimore. Bis Ende Oktober bleibt er noch hier in Heidelberg, wo er ein halbes Jahr mit wissenschaftlicher Arbeit verbringt. Heute sind wir gemeinsam zu seiner Wohnung in der Nähe des Instituts gefahren, wo er arbeitet, und haben anschließend einen wunderschönen Spaziergang durch die Altstadt zum Philosophenweg gemacht. Morgen werden wir uns wiedersehen und den Tag bei ihm in Heidelberg verbringen.«

»Das freut mich für dich!«, sagte Elisa, wobei ihre Stimme freilich unbewusst auch ihre Angst zum Ausdruck brachte, ihre Schwester zu verlieren und ganz auf sich gestellt zu sein.

»Ich weiß, wie du dich fühlst«, entgegnete Maria nach einigen Augenblicken. »Wenn ich nicht mehr da bin, wirst du ganz allein in dieser Familie sein ... Trotz aller Freude tut es mir unendlich leid für dich, weil ich weiß, was das für dich bedeutet.«

»Obwohl dich niemand ersetzen kann, bin ich doch unglaublich froh, dass du einen netten Mann gefunden hast und hoffentlich in der Zukunft ein besseres Leben haben wirst.«

»Danke«, erwiderte Maria und umarmte Elisa lange. »Selbst in Amerika wäre ich zwar weit weg, aber trotz allem immer noch da, wenn du mich brauchen solltest.«

»Das stimmt. Aber vor allem würde es dir dort wahrscheinlich gut gehen«, sagte Elisa mit Tränen in den Augen.

In den nächsten Wochen verbrachte Maria die Wochenenden und oft auch die Abende mit ihrem Freund James, der an einem Forschungsprojekt im Bereich der forensischen Mikrobiologie arbeitete. Elisa hingegen fühlte sich in dieser Zeit ohne ihre Schwester einsam und verlassen, vor allem wenn sie sonntags allein spazieren ging oder ein Buch zu lesen versuchte, sofern ihre ständig kreisenden Gedanken und ihre Niedergeschlagenheit es zuließen.

Als sie an einem Sonntag Anfang Oktober auf einer Wiese am Neckar lag und einen der letzten sonnigen, warmen Herbsttage genoss, legte sich ein junger Mann einige Meter neben ihr auf die Uferböschung, blätterte in einer Zeitschrift und warf immer wieder einen scheinbar zerstreuten Blick auf seine Umgebung, die zahlreichen Spaziergänger, die Häuser am anderen Ufer und die Bäume, von denen die ersten goldgelben Blätter fielen. Er war etwa 30 Jahre alt, über 20 Zentimeter größer als Elisa, hatte kurze, dunkelbraune Haare und braune Augen und trug Jeans sowie ein kurzärmeliges schwarzes T-Shirt, das seine muskulöse Statur deutlich hervortreten ließ. Elisa war, wie so oft in jener Zeit, tief in ihren Träumen und Alpträumen versunken und nahm ihn erst bewusst war, als er sie ansprach und einige belanglose Bemerkungen über das Wetter machte. Elisa erwartete und hoffte zunächst, dass die Unterhaltung bald enden würde. Doch nach einigen Minuten empfand sie die Ablenkung von ihren düsteren Gedanken als beruhigend und verbrachte schließlich fast zwei Stunden im Gespräch mit dem jungen Mann, erzählte ihm manches über sich und erfuhr, dass er Stefan hieß, dass seine Eltern Rumäniendeutsche waren und dass er Besitzer mehrerer Bars war. Als sie ihm ausführlicher ihre derzeitige Arbeit auf dem Bauernhof schilderte, sagte er:

»Ich kenne diesen Hof und das Waldstück an der Autobahn. Als ich vor dreizehn Jahren mit meinen Eltern aus Rumänien nach Deutschland kam, mussten wir uns am Anfang auch als Saisonarbeitskräfte in der Landwirtschaft über Wasser halten und haben dabei unter anderem diesen Betrieb kennengelernt. Glücklicherweise waren wir nicht allzu lange auf diese Arbeit angewiesen. Mein Vater hat nach einigen Monaten eine Anstellung als Gas-Wasserinstallateur gefunden, nachdem sein rumänischer Abschluss in Deutschland endlich doch anerkannt worden war, und ich habe nach kurzer Zeit eine Ausbildung zum Industriemechaniker angefangen, die ich auch abgeschlossen habe. Danach hatte ich dann allerdings endgültig keine Lust mehr auf diese eintönige Arbeit, bei der ich ständig unter dem Kommando von autoritären Chefs stand, und habe mich mit mehreren Freunden zusammengetan, um die Bars zu gründen, die jetzt sehr gut laufen.«

»Wo sind diese Bars?«, fragte Elisa.

»Wir haben mittlerweile viele Bars in dieser Region und in ganz Süddeutschland, darunter eine in Mannheim, eine in Ludwigshafen und zwei in Karlsruhe ... Am Anfang war es für uns nicht leicht, uns gegen die starke Konkurrenz durchzusetzen, aber jetzt haben wir unsere Stammkunden, die von der speziellen Atmosphäre in unseren Bars begeistert sind, und es werden immer mehr.«

Elisa nickte, bevor Stefan fortfuhr:

»Wisst ihr schon, wo ihr als Nächstes arbeiten werdet?«

»Ja, in einem Schweinezuchtbetrieb in Niedersachsen.«

»Im Winter ist die Arbeit im Stall meistens die einzige Möglichkeit für Saisonarbeitskräfte in der Landwirtschaft ... Was würdest du tun, wenn du die Wahl hättest? Würdest du lieber hierbleiben oder mit deiner Familie nach Norddeutschland gehen?«

Elisa zögerte einen Augenblick, bevor sie antwortete: »Ich weiß nicht ... Auch wenn die Arbeit auf dem jetzigen Bauernhof anstrengend ist, freue ich mich nicht auf den Umzug nach Niedersachsen. Aber bis jetzt habe ich mir diese Frage nie wirklich gestellt. Welche anderen Möglichkeiten habe ich denn, außer meiner Familie zu folgen?«

»Na ja, vielleicht ließe sich hier etwas finden ... Du bist schließlich jung und attraktiv ...«

»Danke«, antwortete Elisa und errötete.

»Jedenfalls bist du für mich eine der schönsten Frauen, die mir je begegnet sind.«

Elisa war so verlegen, dass sie nicht wusste, wie sie auf das Kompliment antworten sollte, so dass Stefan kurz darauf fragte:

»Könntest du dir vorstellen, bei uns zu arbeiten? Unsere Mitarbeiterinnen und Mitarbeiter sind sehr nett, und außerdem stündest du natürlich unter meiner besonderen Obhut.«

»Was müsste ich genau machen?«

»Unsere Gäste bedienen, das Übliche eben ...«

»Das müsste ich mir überlegen. Aber trotzdem vielen Dank für das Angebot und das nette Gespräch. Es war eine schöne Abwechslung in meinem tristen Alltag.«

»Es freut mich sehr, dass es dir gefallen hat. Werden wir uns wiedersehen?«

Elisa zögerte einen Augenblick und erwiderte schließlich leise:

»Ja ...«

»Wie wär's am nächsten Sonntag zur selben Uhrzeit, wieder hier auf der Neckarwiese?«

Elisa nickte, bevor Stefan sich verabschiedete:

»Dann bis nächste Woche.«

»Ja, bis nächste Woche«, antwortete Elisa.

Für den ganzen Rest des Tages konnte Elisa an nichts anderes denken als an den Nachmittag mit Stefan und an all die Träume und Hoffnungen, die er in ihr geweckt hatte und die ihre Bedenken und aufkeimenden dunklen Ahnungen überwogen.

Als Maria am Abend nach Hause kam, berichtete sie Elisa ausführlich von ihren gemeinsamen Unternehmungen mit James an jenem Tag und sagte zum Schluss mit dem Ausdruck einer gewissen Verlegenheit:

»Es kann sein, dass ich bald Mannheim und Deutschland verlassen werde. James wird Ende Oktober die Arbeit an seinem Forschungsprojekt in Heidelberg abschließen, und es sieht so aus, dass ich schon in einigen Wochen, Anfang November, mit ihm in die USA gehen werde. Es ist für uns beide die große Liebe, und wir werden heiraten, sobald der Umzug abgeschlossen ist.«

»Ich bin froh, dass es so gekommen ist. Für dich ist ein Traum Wirklichkeit geworden«, antwortete Elisa, konnte aber in ihrem Gesichtsausdruck das Entsetzen und die Trauer nicht ganz verbergen, die in diesen Augenblicken ihre Seele erfüllten.

»Ja, es ist wie die Erfüllung eines Traums«, sagte Maria und fuhr nach einigen Augenblicken fort: »Aber ich habe auch ein schlechtes Gewissen, weil ich dich hier zurücklassen muss. Ich fühle mich für dich verantwortlich, und ich weiß, was mein Abschied für dich bedeutet.«

»Du wirst nicht für immer bei mir bleiben können und

musst gehen, wohin dein eigenes Leben dich führt«, entgegnete Elisa tapfer.

»Ja ...«, sagte Maria mit einem Ausdruck tiefer Unsicherheit und fügte kurz darauf hinzu:»Trotzdem habe ich bei aller Liebe für James um deinetwillen ein schlechtes Gefühl ... Ich spüre in meinem Inneren, dass du mich eines Tages noch mehr brauchen wirst als jetzt.«

Elisa konnte nicht verhindern, dass eine Träne über ihre rechte Wange lief, und ihre Schwester drückte sie lange an sich, bevor Elisa schließlich sagte:

»James ist der Richtige für dich. Es wäre ein schrecklicher Fehler, wenn du meinetwegen hierbleiben würdest. Dann würde ich mich für immer schuldig fühlen.«

Maria schüttelte den Kopf und sagte unter Tränen:»Es ist für mich ein furchtbares Dilemma ... Ich würde lieber hier in deiner Nähe bleiben, aber das käme für James aus beruflichen Gründen und wegen seiner Familie nicht in Frage.«

Elisa nickte und sagte:»Gerade weil ich dich so sehr liebe, wollte ich nicht, dass du eine solche Beziehung aufgibst, um bei mir zu bleiben ...«, und fuhr nach einem Augenblick fort:»Irgendwann werde auch ich diesen Schritt tun und den Weg ins Unbekannte antreten müssen.«

Als Elisa den letzten Satz sprach, hatte Maria das Gefühl, dass sich im Leben ihrer Schwester etwas verändert hatte, und fragte sie, wie der Tag für sie verlaufen sei.

»Ich war, wie üblich, auf der Neckarwiese, habe ein bisschen gelesen und das schöne Wetter genossen ...«

Maria spürte, dass Elisa ihr etwas verschwieg, und sagte:

»Wahrscheinlich warst du allein ...«

Elisa errötete und antwortete:

»Nicht ganz ...«, und erzählte Maria von ihrer Begegnung mit Stefan, wobei sie sein Angebot, in einer seiner Bars zu arbeiten, unerwähnt ließ.

»Ich hoffe für dich, dass auch du die große Liebe findest«, erwiderte Maria, doch drückte sich in ihrer Stimme eine verborgene Vorahnung aus, die sie sofort empfunden hatte, als Elisa Stefan erwähnte.

»Das hoffe ich auch«, antwortete Elisa und blickte verunsichert zu Boden, bevor ihre Eltern den Raum betraten und alle gemeinsam das Abendessen zubereiteten.

Wenige Tage später, am Mittwoch der folgenden Woche, bemerkte Elisa, dass Maria während ihrer Mittagspause schweigsamer war als sonst, und sagte zu ihr:

»Irgendetwas beschäftigt deine Gedanken ...«

»Ja«, antwortete Maria. »Ich weiß nicht so ganz, wie ich es dir sagen soll.«

»Du brauchst keine Gewissensbisse zu haben ... Ich ahne es ohnehin schon.«

»Das habe ich mir gedacht ... James und ich wollen schon jetzt zusammenleben und unsere letzten Wochen in Deutschland gemeinsam verbringen ... Ich habe vorhin bereits mit unseren Eltern gesprochen. Ab Freitag werde ich bei James in Heidelberg wohnen, und er wird mich jeden Tag morgens zur Arbeit bringen und abends wieder abholen. Wir beide sehen uns natürlich trotzdem während der Arbeit, bis ...«, sagte Maria mit erstickter Stimme und schüttelte heftig den Kopf.

In diesem Augenblick wurde Elisa bewusst, wie nahe ihr Abschied von Maria bevorstand, und sie brachte vor Schmerz kein einziges Wort heraus.

»Es tut mir so leid für dich. Ich will dich nicht zurücklassen«, sagte Maria schließlich.

»Du musst gehen«, antwortete Elisa und brach in Tränen aus, während ihre Schwester sie lange umarmte. Am Freitagabend kam James zusammen mit Maria, um die wenigen Sachen abzuholen, die Maria gehörten. Bei dieser Gelegenheit sah Elisa ihn zum ersten Mal und wusste sofort, dass er der richtige Mann für ihre Schwester war. Er war einige Zentimeter größer als Maria, hatte hellbraune Haare und blaue Augen und trug eine randlose Brille, die seine feinen Gesichtszüge noch verstärkte. Nachdem Maria Elisa ihrem Freund vorgestellt hatte, sagte James:

»Maria hat mir schon sehr viel von dir erzählt ... Sie spricht ständig von dir. Wir würden dich am liebsten mit nach Amerika nehmen. Freilich ist das leider so gut wie unmöglich, aber wir werden tun, was wir können, und vielleicht bietet sich irgendwann eine Gelegenheit.«

»Danke«, entgegnete Elisa. »Wer weiß? Vielleicht werde ich darauf zurückkommen.«

»Ich hoffe es beinahe«, sagte Maria. »Ich würde dich sehr gerne in meiner Nähe haben.«

»Wir werden sehen ...«, erwiderte Elisa mit einem Ausdruck leichter Trauer, bevor Maria und James bald darauf die Wohnung verließen.

Am Wochenende vermisste Elisa ihre Schwester schmerzlicher als je zuvor, doch freute sie sich auch auf das Wiedersehen mit Stefan, der inmitten ihrer Verzweiflung mehr und mehr ihre einzige Hoffnung war.

Der Sonntag war, wie die vorhergehenden Tage, ein wolkenloser, sonniger Tag, an dem sich jedoch in den langen Schatten der Bäume und Häuser bereits am Nachmittag die Kühle des Herbstes bemerkbar machte. Aus diesem Grund trug Elisa einen freilich eher dünnen, ausgewaschenen roten Pullover, der zusammen mit ihrer ebenfalls roten Cordhose einen leuchtenden Kontrast zur dunklen Farbe ihrer Haare bildete.

Als Elisa die Neckarwiese erreichte, wartete Stefan schon auf sie. Er hatte eine große rote Decke mitgebracht, auf der ein Strauß roter Rosen lag.

»Mein Gott, damit hätte ich nun wirklich nicht gerechnet!«, sagte Elisa.

»Für eine so schöne Frau wie dich tue ich alles!«, entgegnete Stefan und lud Elisa mit einer Handbewegung ein, sich neben ihn zu setzen. Während Elisa die Rosen zur Seite legte, sagte Stefan:

»Die roten Rosen, die rote Decke, dein roter Pullover und deine rote Hose ... Alles passt so perfekt zueinander wie deine Schönheit zu diesem wunderbaren Tag.«

Elisa wurde dunkelrot vor Verlegenheit und Scham, zeigte auf ihre abgenutzte Hose und sagte:

»Leider kann ich dir nichts Besseres bieten ...«

Nachdem Stefan sie kurz, aber durchdringend von oben bis unten angesehen hatte, erwiderte er:

»Darunter verbirgt sich die vollkommene Schönheit.«

»Danke«, antwortete Elisa überwältigt mit leiser Stimme, während sie sich neben ihn setzte.

Nachdem Stefan einige Zeit über Musik, seine Lieblingsbands und seine Leidenschaft für Fußball gesprochen hatte, fragte er Elisa:

»Hast du ein Hobby?«

»Ja, ich habe früher gerne Klavier gespielt, aber leider haben wir jetzt keines mehr.«

»Das ist schade ... In unserer Bar hier in der Innenstadt gibt es ein Klavier ... Wenn es kühler wird, kann ich dir die Bar zeigen, und wir können uns ein bisschen aufwärmen. Ich bin sicher, dass dir die Atmosphäre dort gefallen wird.«

»Ja, ganz bestimmt«, erwiderte Elisa, ohne dass sie eine halb unbewusste Ablehnung ganz unterdrücken konnte.

In den nächsten Stunden erzählte Elisa Stefan auf seine Fragen einiges über ihre Kindheit und Jugend in der Ukraine, ihre Reise nach Westeuropa und ihre Zeit in Belgien und Großbritannien. Auch Maria, ihre bevorstehende Hochzeit und ihre Auswanderung nach Amerika erwähnte sie mehrmals und sagte zum Schluss:

»Meine Schwester wird mir sehr fehlen.«

»Wann wird sie nach Amerika gehen?«, fragte Stefan.

»In knapp zwei Wochen«, entgegnete Elisa, wobei ihre Stimme zum Ausdruck brachte, wie sehr sie den Abschied fürchtete, der jeden Tag unerbittlich näher kam.

»Ich werde alles tun, um sie zu ersetzen«, antwortete Stefan und legte einen Arm um Elisas Schulter.

Elisa nickte mit einem angedeuteten Lächeln, während sie beinahe geistesabwesend auf das andere Ufer blickte, wo die untergehende Sonne die Häuser in ein tiefrotes Licht tauchte.

»Willst du unsere Bar sehen?«, fragte Stefan schließlich.

»Ja ...«, erwiderte Elisa.

Daraufhin nahm Stefan die Rosen und die Decke und ging mit Elisa zu einem schwarzen BMW, den er am Rand einer nahen Straße abgestellt hatte. Anschließend fuhren die beiden in die Innenstadt und erreichten nach wenigen Minuten eine fensterlose Bar im Untergeschoss eines modernen Gebäudes, in dem zwei Restaurants und eine Boutique untergebracht waren. Als Elisa den Raum erblickte, der durch zahlreiche Leuchtstoffröhren erhellt wurde, empfand sie ein bleiernes Unbehagen, das sie nicht verdrängen konnte, so sehr sie es auch versuchte. In der Bar saß ein knapp 30 Jahre alter Mann namens Mihail, der Deutsch mit rumänischem Akzent sprach und mit dem Stefan sich kurz in seiner Muttersprache unterhielt. Da Elisa mit ihrer Familie einige Zeit in Rumänien verbracht hatte, verstand sie das Gespräch mühelos und erfuhr, dass der Mann sich als Geschäftsführer um die Bar kümmerte. Mihail musterte Elisa von Kopf bis Fuß und sagte anschließend auf Rumänisch: »Eine neue Frau ...«

»Ja«, erwiderte Stefan, anscheinend bevor Mihail den Satz beenden konnte, und fuhr danach auf Deutsch fort: »Das ist meine Freundin Elisa. Ich habe sie letztes Wochenende kennengelernt. Sie ist meine große Liebe.«

»Ah ...«, sagte Mihail und fuhr, zu Elisa gewandt, fort: »Das freut mich sehr. Du bist eine wunderschöne Frau, und Stefan ist ein großartiger Mann.«

Nach einem kurzen Augenblick des Schweigens sagte Stefan: »Elisa würde mir gerne auf unserem Klavier etwas vorspielen«, und zeigte auf ein älteres Klavier, das im hinteren Teil des Raumes stand.

»Das hätte ich nicht erwartet. Ich hoffe, dass ich mich noch an ein paar Stücke erinnere, die ich früher gespielt habe«, antwortete Elisa.

Schließlich ging sie langsam zu dem Instrument, dessen Tasten ebenso wie das Gehäuse und die Pedale ziemlich stark abgenutzt wirkten, und setzte sich auf den leicht quietschenden Hocker, der davorstand. Sie zögerte einen Moment, bevor sie einige Stücke spielte, die sie noch immer auswendig beherrschte, und improvisierte danach einige Zeit auf der Grundlage von klassischen und modernen Melodien, die sie in den vorhergehenden Wochen im Radio gehört hatte und die sie virtuos variierte und durch ihre eigenen Einfälle ergänzte. Als sie fertig war, zeigte sich Mihail tief beeindruckt von ihrem Können und sagte zu Stefan:

»Deine Freundin könnte eine große Pianistin oder Komponistin werden.«

»Ja, wer weiß?«, entgegnete Stefan, während er Mihail durchdringend ansah. Mihail schien zu verstehen, was Stefan mit seinem Blick zum Ausdruck bringen wollte, und fuhr fort:

»Du wirst also bei uns arbeiten ...«

»Ja ...«, erwiderte Elisa zögernd, während Stefan sie aufmerksam und beinahe fordernd anblickte.

In diesem Augenblick betraten zwei blonde junge Frauen den Raum, denen bald darauf zwei weitere folgten. Alle vier trugen schwarze Strumpfhosen und kurze rote Röcke sowie Blusen mit tiefem Ausschnitt.

»Ah, es ist kurz vor acht«, sagte Mihail. »In ein paar Minuten sind die ersten Gäste da.«

In der Tat kamen bald darauf zwei Männer mittleren Alters, die an zwei der zehn Tische Platz nahmen, nachdem Stefan und Mihail sie wie alte Freunde mit Handschlag begrüßt hatten. Während eine der jungen Frauen den einen Gast nach seinen Getränkewünschen fragte und ihm ein Glas Bier servierte, setzte sich eine zweite auf den Schoß des anderen Mannes, der ihr einen Kuss gab.

Während Elisa die Szene mit einem Ausdruck des Zweifels und leichter Beklemmung verfolgte, sagte Stefan zu ihr:

»Brigitte und Kevin kennen sich schon seit langem und haben eine sehr persönliche Beziehung«, bevor er nach einer kurzen Unterbrechung fortfuhr: »Wir sollten jetzt gehen. Ich bringe dich nach Hause und fahre anschließend nach Ludwigshafen, um in unserer dortigen Bar nach dem Rechten zu sehen.«

Als sie wenig später das Haus mit der heruntergekommenen Einfahrt und dem unbeleuchteten, düsteren Innenhof erreichten, wo sich die Wohnung von Elisas Familie befand, überfiel Elisa wieder jenes Gefühl der Verzweiflung, das sie in den letzten Wochen mehr als je zuvor empfunden hatte, während Stefan sagte:

»Danke für den wunderschönen Tag mit dir. Du bist eine ganz besondere Frau in meinem Leben ... Vergiss die Rosen nicht!«

Elisa nickte und dankte Stefan ebenfalls für die Stunden, die sie mit ihm verbracht hatte. Schließlich umarmte Stefan Elisa und gab ihr einen leichten Kuss auf die Lippen, den sie schüchtern zu erwidern versuchte, während sie im spärlich beleuchteten Inneren des Wagens tief errötete. Anschließend fragte Stefan sie, ob er sie am nächsten Samstagvormittag zu Hause abholen solle, und Elisa stimmte zu, überwältigt von allem, was sie seit ihrer ersten Begegnung erlebt hatte. Auch das Gefühl des Unbehagens, das sie in der Bar empfunden hatte, war in diesem Augenblick verschwunden, obwohl Elisa es in den nächsten Tagen nicht völlig abschütteln konnte.

In den folgenden eineinhalb Wochen, den letzten vor ihrem Flug nach Amerika, der für den Donnerstag der nächsten Woche geplant war, arbeitete Maria zusammen mit ihren Brüdern auf dem Feld, während Elisa sich gemeinsam mit ihren Eltern um die Pflanzen und Früchte in den Gewächshäusern kümmerte, die zu dem Bauernhof gehörten. Dadurch sahen sich Elisa und Maria nur selten und für kurze Zeit, was beide stark bekümmerte. Dennoch wirkte Maria glücklich und freute sich sehr auf ihre gemeinsame Zukunft mit James, auch wenn ihre Sorge um Elisa sie immer wieder einen plötzlichen, stechenden Schmerz empfinden ließ, zumal sie das, was Elisa ihr über Stefan erzählte, mit einem gewissen Misstrauen erfüllte, auch wenn Elisa ihr manches verschwieg und nicht zuletzt ihren ersten Besuch in der Bar nicht erwähnte.

Am Morgen des folgenden Samstags, kurz bevor Stefan Elisa abholte, fragte ihr Vater sie, wie ernsthaft die Beziehung zwischen ihnen sei.

»Er sagt, dass ich seine große Liebe bin«, antwortete Elisa und fügte nach einem Augenblick des Zögerns hinzu: »Und ich liebe ihn auch.«

»Wirst du mit uns nach Niedersachsen gehen oder in Zukunft bei ihm wohnen?«

»Ich weiß noch nicht ...«

»Du musst dich entscheiden. Eigentlich ist es Zeit für dich, endlich einen Mann zu finden und auszuziehen. Zwar arbeitest du jetzt etwas besser mit, aber trotzdem bist du immer noch das fünfte Rad am Wagen.«

In diesem Augenblick klopfte es an der Wohnungstür.

»Ich glaube, das ist Stefan«, sagte Elisa und öffnete die Tür.

Stefan umarmte Elisa, während ihr Vater in einem der beiden Zimmer verschwand und die Tür schloss.

»Komm mit mir!«, sagte Stefan, und Elisa folgte ihm zu seinem BMW, den er auf der Straße neben der Hofeinfahrt abgestellt hatte.

Als sie die Beifahrertür öffnete, lag wieder ein Strauß roter Rosen auf dem Sitz.

»Stefan, ich freue mich so ... Das wäre nun wirklich nicht nötig gewesen«, sagte sie tief bewegt und leicht stotternd.

»Doch ... Die Frau meines Lebens verdient jeden Tag unzählige Rosen.«

»Wohin fahren wir heute?«, fragte Elisa schließlich.

»Zu meiner Wohnung, wenn du nichts dagegen hast.«

»Nein. Ich bin natürlich ein bisschen neugierig ...«

»Das habe ich mir gedacht«, erwiderte Stefan, während er den Motor anließ.

Wenige Minuten später erreichten sie Stefans Dreizimmerwohnung im Dachgeschoss eines modernen Gebäudes in der Innenstadt, nicht weit von seiner Bar entfernt. Nachdem sie mit dem Aufzug in den sechsten Stock gefahren waren, öffnete Stefan die Tür und zeigte Elisa das geräumige, mit teuren Designermöbeln eingerichtete Wohnzimmer, sein Arbeitszimmer, die Küche, das luxuriöse Bad und schließlich das Schlafzimmer, das mit einem großen Bett ausgestattet war.

Stefan trug, wie bei ihrer letzten Begegnung, Designerjeans, schwarze Lederschuhe, ein bordeauxrotes Seidenhemd, ein goldenes Halskettchen und eine schwere Armbanduhr, die sein starkes Handgelenk noch deutlicher hervortreten ließ. Elisa, die neben Stefan fast zerbrechlich wirkte, war dagegen nichts anderes übriggeblieben, als ihren ausgebleichten roten Pullover, ihre bordeauxrote Cordhose und ihre weißen Tennisschuhe anzuziehen.

Als Elisa das Bett ein wenig näher in Augenschein nahm, sah sie, dass ein elegantes schwarzes Kleid darauf lag.

»Für dich«, sagte Stefan, nahm das Kleid und reichte es Elisa.

»Ich weiß nicht, was ich sagen soll«, antwortete Elisa tief berührt, während sie das Kleid betrachtete.

»Das ist noch nicht alles«, sagte Stefan, ging zu einem

Schrank und holte ein Paar schwarze Lackschuhe, eine rote Strumpfhose und einen dunkelblauen Mantel.

Elisa war sprachlos und errötete, während Stefan zu ihr sagte:

»Willst du die Sachen anprobieren?«

»Ja ...«, erwiderte Elisa.

»Dann lasse ich dich für einen Augenblick allein.«

Als sich Elisa nach wenigen Minuten im Spiegel ansah, erschien sie in ihren Augen wie ein völlig anderer Mensch und nicht mehr wie das armselige, von fast allen verachtete Mädchen der Vergangenheit. Kurz darauf betrat Stefan den Raum und sagte:

»Lass dich ansehen! ... Du siehst wunderschön aus!«

Anschließend umarmte er Elisa und gab ihr einen Kuss, den sie vor Aufregung kaum erwidern konnte. Dann traten beide auf die Dachterrasse vor dem Wohnzimmer und genossen den Blick über die Mannheimer Innenstadt und den Odenwald. Wieder fühlte Elisa sich wie verwandelt und in eine andere, märchenhafte Welt versetzt, die ihr bis zu diesem Tag unerreichbar gewesen war.

Nach einigen Minuten fragte Stefan Elisa:

»Willst du in Zukunft bei mir wohnen?«

»Ja«, erwiderte Elisa mit leiser Stimme.

»Wann willst du einziehen?«

»Am Mittwoch endet unsere Arbeit auf dem Bauernhof. Am selben Tag muss ich mich von meiner Schwester verabschieden ...«, antwortete Elisa mit plötzlich von Trauer erfüllter Stimme. »Sie fliegt am Donnerstag nach Amerika, und am Freitag fahren meine Eltern und meine Brüder nach Niedersachsen.«

»Dann kann ich dich am Donnerstagvormittag abholen ... Ich habe mir schon etwas Besonderes für diesen Tag ausgedacht.«

Elisa lächelte verlegen, bevor Stefan fortfuhr: »Ich werde eine neue, größere Wohnung für uns beide suchen. Du sollst ein geräumiges eigenes Zimmer haben, mit Marmor- oder Parkettfußboden und schönen Möbeln, die wir gemeinsam aussuchen, und natürlich mit einem Klavier oder einem Flügel … Es wird nicht lange dauern, weil ich gute Verbindungen zu Immobilienbesitzern und Maklern habe. Vielleicht ist es schon in ein paar Tagen so weit … Gib deiner Schwester und deinen Eltern noch nicht unsere Adresse, weil wir mit Sicherheit bald umziehen werden. Wenn sie die Anschrift meiner jetzigen Wohnung haben, führt das nur zu Verwirrung.«

Elisa nickte, überwältigt von Stefans Angebot und der plötzlichen Verwandlung ihres Lebens.

Danach verbrachten Stefan und Elisa den Rest des Tages, die Nacht und den Sonntag gemeinsam. Am Samstagabend aß Elisa zum ersten Mal in einem Nobelrestaurant, genoss edle Weine und Speisen, die sie bis dahin noch nicht einmal vom Hörensagen gekannt hatte, und schlief am nächsten Morgen nach Herzenslust, während Stefan das Frühstück zubereitete. Als sie sich am Abend von ihm verabschiedete, fiel ihr die Rückkehr in das Elendsquartier vergangener Tage beinahe leicht, weil sie wusste, dass diese Zeit sehr bald zu Ende gehen würde. Nur der bevorstehende Abschied von ihrer Schwester lastete schwer auf ihrer Seele, wie auch Maria unter der womöglich endgültigen Trennung von Elisa litt. Als sie jedoch sah, wie glücklich Elisa über ihre Beziehung mit Stefan war, fühlte sie sich getröstet, zumal sie glaubte gewiss sein zu können, dass ihre Schwester entgegen aller Erwartungen genauso viel Glück hatte wie sie selbst.

Als Elisa ihren Eltern mitteilte, dass sie in Zukunft

mit Stefan zusammenleben und nicht mit ihnen nach Niedersachsen gehen würde, wirkte vor allem ihr Vater, aber auch ihre Mutter erleichtert.

»Wir haben schon damit gerechnet«, sagte Adrian, und Nadja fügte hinzu:»Es ist für uns eine Sorge weniger.« Elisa nickte und erwiderte:»Ja, ich weiß.«

Die letzten gemeinsamen Tage auf dem Bauernhof vergingen rasch, vor allem für Elisa und Maria, die allerdings nicht viel Zeit zusammen verbrachten, weil Maria nach wie vor auf dem Feld arbeitete, während Elisa in den Gewächshäusern beschäftigt war. Am Mittwochabend vollzog sich dann alles sehr schnell. Maria fuhr mit James nach Mannheim, um sich von Elisa und ihren Eltern zu verabschieden, bevor beide sich auf den Weg nach Heidelberg machten, weil sie am nächsten Morgen früh aufstehen mussten.

»Guten Flug! Ich melde mich dann bald bei dir«, sagte Elisa am Ende mit Tränen in den Augen.

»Alles Gute! Und pass auf dich auf!«, erwiderte Maria, während sie Elisa fest an sich drückte. Erst jetzt kam es ihr für einen kurzen Augenblick merkwürdig und fast bedrohlich vor, dass sie keine Adresse und keine Telefonnummer von Elisa hatte und auch Stefans vollständigen Namen nicht kannte, doch verdrängte sie den Gedanken rasch wieder, zumal Elisas Glück sicher und ungetrübt erschien. Dennoch spiegelte sich in Marias Gesicht tiefe Trauer wider, als sie sich an der Wohnungstür ein letztes Mal umdrehte und ihrer Schwester in die Augen sah, in denen sie auf dem Weg nach unten im Rückblick den Ausdruck von Zweifel und verborgener Angst zu erkennen glaubte, auch wenn sie sich dieser Wahrnehmung nicht sicher war.

Am Donnerstagmorgen verabschiedete sich Elisa von ihren Brüdern, ihrem Vater und ihrer Mutter, die sie flüchtig umarmte und ihr für ihr künftiges Leben alles Gute wünschte. Kurz bevor Nadja mit Adrian in die Mannheimer Innenstadt ging, um vor ihrer Fahrt nach Niedersachsen noch einige dringende Einkäufe zu erledigen, fragte sie Elisa noch rasch nach ihrer neuen Adresse, doch stellte sie, wie zuvor schon Maria, keine weiteren Fragen, als Elisa ihr erklärte, dass Stefan nach einer anderen Wohnung suche.

»Ich schicke dir und Maria dann unsere neue Adresse, sobald wir umgezogen sind«, sagte Elisa zum Schluss.

»Gut«, erwiderte Nadja, während Adrian zum Aufbruch drängte.

Wenig später, gegen halb zehn, kam Stefan, um Elisa abzuholen. Als sie zum letzten Mal die Wohnungstür hinter sich schloss und Stefan nach unten folgte, fühlte sie sich befreit wie nie zuvor, voll freudiger Erwartung und Hoffnung auf eine Zukunft, die in ihren Träumen strahlte wie die Sonne des milden Herbsttages, an dem nur die zu Boden fallenden Blätter daran erinnerten, dass die Zeit der Blüte und des Wachstums zu Ende ging.

Nachdem sie in Stefans Wohnung angekommen waren, zog Elisa das schwarze Kleid und die Lackschuhe an, die sie dort zurückgelassen hatte, und stopfte ihre Hose, ihren Pullover und ihre Sportschuhe in die kleine Tasche, in der sie ihre wenigen Habseligkeiten verstaut hatte. Anschließend legte sie den abgenutzten braunen Kunststoffbeutel in eine Truhe im Schlafzimmer, wo Stefan alte Kleidungsstücke aufbewahrte, bevor sie ihm auf der Dachterrasse hoch über der Mannheimer Innenstadt Gesellschaft leistete. Schließlich fragte Stefan, der an jenem Tag einen dunkelblauen maßgeschneiderten Anzug, ein weißes Hemd und eine rote Seidenkrawatte trug:

»Sollen wir losfahren?«

»Wohin?«

»Lass dich überraschen!«

Wenig später saßen beide in Stefans BMW, einem teuren Modell, das mit allem erdenklichen Luxus und einem in dezentem Beige gehaltenen Lederinterieur ausgestattet war, und fuhren auf die Autobahn in Richtung Süden. Elisa spürte kaum, wie schnell sich der Wagen bewegte, und bemerkte nur gelegentlich, dass andere Fahrzeuge ihm geradezu ehrfurchtsvoll auswichen. Nach einer Stunde verließen sie in Baden-Baden die Autobahn, und Stefan stellte seinen Wagen in einem Parkhaus in der Innenstadt ab.

»Komm mit!«, sagte er, während Elisa, beinahe eingeschüchtert von ihrem neuen Leben, ihm wortlos folgte.

Bald darauf betraten sie das Baden-Badener Casino, wo Stefan ein offenbar häufiger und gern gesehener Gast war, der vom Personal mit ausgesuchter Höflichkeit begrüßt wurde.

»Ich spiele gern Roulette. Aber vorher müssen wir noch etwas essen«, sagte Stefan zu Elisa, die nur stumm nickte, während sie sich in das modern eingerichtete Restaurant des Casinos begaben, dessen Atmosphäre eine Aura schier grenzenlosen Reichtums verströmte. Ohne genau zu wissen, was sie tat, bestellte Elisa, wie Stefan, ein kurzes Mittagsmenü, das aus einer Suppe, einem Beefsteak mit erlesenen Beilagen und einem kunstvoll arrangierten Dessert aus Früchten und Eis bestand, begleitet von edlem Champagner. Als Stefan bezahlte, ließ er Elisa einen Blick in sein Portemonnaie werfen, das mit einem dicken Bündel von Tausendmarkscheinen gefüllt war. Danach reichte er ihr die Hand, und beide gingen zur Rezeption, wo Stefan Jetons im Wert von 10.000 DM erstand, die die Empfangsdame in einen roten Samtbeutel legte und Elisa überreichte. Nur Augenblicke später betraten beide den Spielsaal, dessen Ambiente mit seinen kunstvoll verzierten roten Stofftapeten, mächtigen goldenen Kronleuchtern und stuckumrahmten antikisierenden Wand- und Deckengemälden Elisa den Atem stocken ließ.

Am Anfang setzte Stefan, wie viele andere, jeweils mehrere Jetons auf Rot, Schwarz oder eine Zahlenkombination und gewann auf diese Weise innerhalb einer halben Stunde insgesamt 4.000 DM, während Elisa ihm schweigend zusah und voller Ehrfurcht die Spieler, die Croupiers und die Kugel beobachtete, die in dem aus Ebenholz gefertigten Roulettezylinder kreiste, bevor die Entscheidung fiel. Schließlich jedoch erhöhte Stefan den Einsatz, indem er dreimal je 1.000 DM auf die Zahl sechs setzte. Vor dem ersten Spiel sagte er zu Elisa:

»Ich glaube an die Sechs. Sie ist die Zahl meines Lebens.«

Elisa nickte und verfolgte wie gebannt die Bewegung der Kugel, die jedoch jedes Mal auf einer völlig anderen Zahl endete.

Nach dem dritten verlorenen Spiel sagte Stefan schließlich:

»Ich brauche einen Whisky.«

Elisa folgte ihm zu einer Bar, wo Stefan wortlos mehrere Gläser der Spirituose trank, während Elisa zwei Gläschen Champagner zu sich nahm. Nach etwa 20 Minuten, die beide in bleiernem Schweigen an der Bar verbrachten, sah Stefan Elisa in die Augen und sagte:

»Jetzt bist du an der Reihe. Du wirst für mich gewinnen.«

Sein durchdringender Blick und die Eiseskälte seiner Stimme ließen Elisa erschaudern, und sie empfand zum ersten Mal deutlicher einen Zweifel, den sie bisher immer aus ihrem Bewusstsein verbannt hatte. Auf sein Zeichen folgte Elisa Stefan zurück zum Roulettetisch, wo er ihr den großen roten Beutel mit den Jetons übergab.

Als der Croupier die Spieler aufforderte, ihre Einsätze zu tätigen, sah sie Stefan kurz hilfesuchend in die Augen, doch er antwortete nur mit einem entschlossenen Nicken, das Elisa spüren ließ, dass sie keine andere Wahl hatte, als ihr Glück zu versuchen und zu gewinnen. Sie fühlte sich beinahe, als ob sie außerhalb ihres Körpers stünde, während sie benommen und ohne sich ihres Tuns bewusst zu sein tief in den Beutel griff und fast alle Jetons auf die Zahl drei setzte, weil sie sich im letzten Augenblick daran erinnerte, dass Maria die Drei einmal als ihre Glückszahl bezeichnet hatte.

»Sie setzen auf die Drei?«, fragte der Croupier.

»Ja«, flüsterte Elisa und sah, wie der Croupier mit geübten Händen die Jetons in drei sauberen Stapeln aufeinanderlegte.

»Les jeux sont faits. Rien ne va plus«, sagte der Croupier, bevor die Kugel im Zylinder ihren schicksalhaften Lauf begann und Elisas Sinne sie verließen.

Sie nahm die Welt um sich herum erst wieder wirklich wahr, als Stefan besitzergreifend seinen rechten Arm um ihre Schulter legte und die anderen Spieler die beiden voller Neid und Bewunderung anstarrten. Nachdem der Croupier mit routinierten Bewegungen zahllose Jetons in die Ecke des Tisches geschoben hatte, wo Elisa und

Stefan standen, und einer seiner Assistenten die kleinen, runden Scheiben in drei große Samtbeutel gelegt hatte, sagte Stefan zufrieden:

»Gehen wir!«

Danach folgte Elisa Stefan zur Rezeption, wo die Kassiererin die Jetons zählte und sagte:»Einen Augenblick, bitte.«

Nachdem sie einige Minuten später zurückgekehrt war, blätterte sie eine endlose Reihe von Tausendmarkscheinen vor Elisa auf den Marmortresen, bündelte sie jeweils zu zehnt und legte sie auf einen kleinen Stapel, der unaufhaltsam wuchs. Elisa konnte ihren Blick nicht von den Geldscheinen abwenden, die sich vor ihr aufreihten und alsbald Teil des anschwellenden Bündels wurden, als ob von ihnen eine dämonische Macht ausginge, vor der es kein Entrinnen gab.

Nachdem die Kassiererin Elisa das Geld ausgehändigt hatte, übergab sie es an Stefan, der etwa ein Drittel der Scheine in sein jetzt zum Bersten gefülltes Portemonnaie steckte und den Rest in einer großen Brieftasche unterbrachte, die sich im Inneren seines Jacketts verbarg.

Wenig später verließen Stefan und Elisa das Casino und flanierten durch die Innenstadt, bevor Stefan sagte:

»Komm! Ich kenne ein Geschäft, wo du mit Sicherheit etwas finden wirst, was dir gefällt.«

Bald darauf betraten sie eine noble Boutique, deren Besitzerin Stefan offenbar ebenfalls kannte und ihn mit geradezu unterwürfiger Höflichkeit empfing. Nachdem Stefan Interesse an Perlenketten für Elisa bekundet hatte, breitete eine herbeigerufene Verkäuferin mehrere der Schmuckstücke vor Elisa aus, die sich schließlich für die Halskette entschied, die nach den Worten der Verkaufsdame am besten zu ihrem zarten Gesicht passte. Anschließend bestand Stefan noch darauf, die beinahe widerstrebende Elisa mit einer Handtasche aus feinstem Leder und Make-up einer Luxusmarke auszustatten, nachdem Elisa am Vormittag mit Schminke hatte vorliebnehmen müssen, die wie zufällig auf der Konsole in Stefans Bad gestanden hatte.

Nachdem sie noch einige Stunden in Baden-Baden verbracht und in einem der besten Restaurants der Stadt zu Abend gegessen hatten, kehrten sie nach Mannheim zurück, wo Stefan Elisa zum Abschluss des Tages fragte: »Na, wie war es?«

Elisa errötete und schüttelte sprachlos den Kopf, bevor sie schließlich einige Worte hervorbrachte: »Ach, Stefan, ich weiß nicht, wie ich dir danken soll ...«

»Auch der morgige Tag wird dich nicht enttäuschen«, antwortete Stefan, während seine muskulösen Arme Elisas Taille umschlangen.

Am nächsten Vormittag fuhr Stefan mit Elisa nach Köln, wo sie gegenüber dem Dom zu Mittag aßen, während Elisa die zahlreichen Touristen beobachtete, die die Kathedrale besichtigten und sich anschließend in der Fußgängerzone verloren, wo sich Kaufhäuser, Läden aller Art und Fast-Food-Restaurants aneinanderreihten. Nach dem Essen folgte Elisa Stefan durch mehrere Straßen zu einem Uhrengeschäft, wo er für Elisa eine mit mehreren Brillanten besetzte Armbanduhr erstand.

»Jetzt siehst du aus wie eine Frau, die zu mir gehört«, sagte Stefan schließlich, als sie den Laden verließen.

Am späten Nachmittag fuhren Stefan und Elisa auf der westlichen Rheinseite nach Süden. Während langsam der Abend anbrach, führte ihr Weg die beiden zu einem Restaurant hoch über dem Fluss mit Blick auf die Loreley, wo sie ein mehrgängiges Menü zu sich nahmen, während unter ihnen die Lichter der Kleinstädte am Ufer aufleuchteten. Der Anblick erinnerte Elisa an ihre Fahrt nach Oostende etwa ein Jahr zuvor und an all die märchenhaften Veränderungen, die sich seither in ihrem Leben vollzogen hatten. Unwillkürlich drängten sich ihr in manchen Augenblicken freilich auch Gedanken an die ihr vage bekannte Sage auf, nach der eine wunderschöne Frau auf dem Gipfel des legendenumrankten Felsens gestanden und die Schiffer mit ihren Gesängen in den Tod gelockt hatte, auch wenn ihr diese Assoziationen angesichts der Pracht und Herrlichkeit der letzten Tage störend und unpassend erschienen, als ob sie Stefan damit Unrecht täte.

Nachdem sie nach Mannheim zurückgekehrt waren, genossen beide noch ein Glas Champagner, und Elisa dankte Stefan wieder für den wunderbaren Tag. Kurz bevor sie zu Bett gingen, machte Elisa jedoch eine Entdeckung, die sie als verstörend empfand, auch wenn sie sich ihre Bedeutung nicht genau erklären konnte. Während sie auf dem Bett im Schlafzimmer saß und Stefan sich im hell erleuchteten Bad wusch, sah sie zum ersten Mal deutlich seinen Rücken. Dabei fiel ihr auf, dass in der Nähe seines Kreuzbeins in großer, schwarzer Frakturschrift die Zahl 666 eintätowiert war. Sie war die einzige Tätowierung, die Stefan trug, und Elisa spürte, dass sie für ihn offenbar ein Glaubensbekenntnis und ein Ausdruck seiner Persönlichkeit war, zumal sie sich daran erinnerte, dass er beim Roulette voller Überzeugung dreimal auf die Sechs gesetzt und sie als die Zahl seines Lebens bezeichnet hatte. Elisa ließ sich freilich nichts von ihrer aufkeimenden Ahnung anmerken und verbrachte die Nacht mit Stefan, als ob nichts geschehen wäre.

Während des Frühstücks am nächsten Morgen, das Elisa auf Stefans Aufforderung hin zubereitet hatte, fühlte sie rasch, dass der Alltag in ihre Beziehung eingekehrt war.

»Ich muss heute Vormittag noch einige Telefongespräche abwickeln und anderen Bürokram erledigen ... Du kannst währenddessen fernsehen oder meiner Zugehfrau im Haushalt helfen«, sagte Stefan.

»Sie kommt auch am Wochenende?«

»Ja, wann immer ich sie brauche. Du hast sie nur noch nicht kennengelernt.«

»Wie heißt sie?«

»Amanda. Sie stammt von den Philippinen und arbeitet schon seit Längerem bei mir. Sie ist fleißig, befolgt immer sofort meine Anweisungen und stellt keine Fragen, genau wie ich es erwarte.«

Elisa nickte, bevor Stefan fast beiläufig anmerkte:

»Heute Abend gehen wir in unsere Bar in der Innenstadt. Dann wirst du zum ersten Mal unsere Gäste bedienen.«

»Ich hoffe, dass ich zurechtkomme. Ich habe noch nie als Kellnerin gearbeitet.«

»Es ist nur eine Frage des Willens. Alles andere findet sich ... Du wirst für unsere Besucher und meine Freunde etwas ganz Besonderes sein. Ich habe vielen schon von dir erzählt, und sie freuen sich darauf, dich kennenzulernen.«

In diesem Augenblick klingelte Amanda, und Stefan öffnete die Tür. Als Amanda, eine kleine, etwa 30-jährige Frau mit schwarzen Haaren und einem demütigen, fast unterwürfigen Blick, Elisa sah, drehte sie rasch ihren Kopf zur Seite, als ob sie es nicht wagte, ein Wort mit ihr zu wechseln, bis Stefan zu ihr sagte:

»Das ist Elisa. Sie wird mit mir zu Mittag essen, wie ich es dir ja bereits gesagt habe.«

»Ja. Ich habe entsprechend eingekauft«, antwortete Amanda, bevor Elisa sie kurz begrüßte und Amanda mit ihrer Arbeit begann.

Anschließend ging Stefan in sein Arbeitszimmer und tätigte einige längere Telefonate, während Amanda in der Küche beschäftigt war. Elisa konnte durch die geschlossene Tür nur einen Teil der auf Deutsch, Rumänisch und Russisch geführten Gespräche verfolgen, doch meinte sie zu hören, dass Stefan einen seiner Gesprächspartner mit leiser, aber äußerst eindringlicher Stimme mit dem Tod bedrohte. In diesem Augenblick überfiel Elisa wieder jenes Gefühl unterschwelligen Grauens, das sie bereits am Abend zuvor empfunden hatte, und sie ging kurz darauf in die Küche, um Amanda zu helfen und sich abzulenken. Amanda bedankte sich höflich für ihre Unterstützung, war aber ansonsten äußerst schweigsam und vermied es noch immer, Elisa ins Gesicht zu sehen. Erst später, als Elisa ihr beim Staubsaugen half, bemerkte sie, dass Amanda sie manchmal verstohlen mit einem Ausdruck tiefen Mitgefühls beobachtete, als ob sie etwas wüsste, was Elisa nur im Verborgenen ahnte.

Gegen halb zwei verabschiedete sich Amanda von Stefan, der inzwischen seine Arbeit beendet hatte.

»Morgen brauche ich dich nicht. Ich erwarte dich dann nächste Woche, wie immer. Über das Essen gebe ich dir vorher noch telefonisch Bescheid«, sagte er.

»Ja«, erwiderte Amanda leise und senkte ihren Blick, bevor sie die Wohnung verließ.

Während des Essens sprach Stefan nur wenig mit Elisa, die jetzt beinahe Mühe hatte, ihre aufsteigende Beklemmung zu verbergen.

Nach dem Mittagessen sagte Stefan:

»Ich treffe heute Nachmittag einige Geschäftspartner. Heute Abend, so gegen halb acht, hole ich dich dann ab.«

»Ja«, antwortete Elisa leise und mit einem Ausdruck der Unterwürfigkeit, der sie an Amanda erinnerte.

Die folgenden Stunden verbrachte Elisa auf dem Sofa, wo sie sich der Lektüre der Novelle *In der Strafkolonie* widmete, die in dem Taschenbuch mit Erzählungen Franz Kafkas enthalten war, das Maria ihr vor ihrem Abschied geschenkt hatte. Obwohl Elisa ihre Furcht nicht unterdrücken konnte und das Buch mehrmals zur Seite legte, fesselte sie die Erzählung, vielleicht auch deshalb, weil sie glaubte, darin ihre tiefsten Ängste wiederzuerkennen, während sie gleichzeitig hoffte, dass sie sich schließlich wie die Fiktion der Erzählung als Phantasiegebilde erweisen würden.

Um halb acht kam Stefan, wie angekündigt, zurück, und beide verzehrten einen Imbiss, den Amanda vorbereitet hatte.

Schließlich sagte Stefan zu Elisa:

»Komm mit!«

Nachdem sie ihm ins Schlafzimmer gefolgt war, nahm er eine tief ausgeschnittene schwarze Bluse, einen roten Minirock und eine schwarze Strumpfhose aus seinem Schrank und legte sie vor Elisa auf das Bett.

Als sie ihn mit einem Ausdruck kaum verhohlenen Entsetzens ansah, sagte er:

»Was schaust du so? Alle unsere Mädchen tragen diese Sachen. Sie gefallen unseren Kunden, und auch dir werden sie gut stehen.«

Nachdem Elisa die Bluse, den kurzen Faltenrock und die Strumpfhose angezogen hatte und sich im Spiegel ansah, bemerkte sie, dass Stefan wie ein Riese drohend hinter ihr stand und sie herrisch von oben bis unten musterte.

Schließlich sagte er:

»Los! Es ist Zeit.«

Elisa zog den Mantel an, den Stefan ihr geschenkt hatte, und folgte ihm in der kühlen, nebligen Nacht zu der Bar, die sie nach wenigen Minuten erreichten.

Wie Mihail wussten offenbar auch die fünf jungen Frauen in der Bar, dass Elisa kommen würde, und kannten auch ihren Namen. Alle fünf trugen dieselbe Kleidung wie Elisa und betrachteten sie vom ersten Augenblick an als eine der Ihren, obwohl Elisa auch in ihren Augen manchmal einen Anflug von Mitleid zu entdecken glaubte. Eine der Frauen, Jekaterina, eine eher große junge Russin mit blonden Haaren und blauen Augen, lächelte Elisa kurz zu und erklärte ihr anschließend auf Stefans Aufforderung hin die Abläufe in der Bar und hinter dem Tresen, bis kurz nach acht Uhr die ersten Gäste kamen. Bald darauf servierten die anderen Kellnerinnen den Männern an den Tischen die ersten Getränke, während Elisa die Gäste und das Verhalten der jungen Frauen mit wachsendem Unbehagen beobachtete.

Nachdem etwa eine Viertelstunde vergangen war, betrat ein großgewachsener, etwa 35-jähriger Mann mit kurzen braunen Haaren und blauen Augen die Bar. Er trug einen dunkelblauen Nadelstreifenanzug und ein makelloses weißes Hemd, unter dem sich sein muskulöser Oberkörper abzeichnete. Seinen Hals zierte ein feines Goldkettchen, während eine massive Armbanduhr seine derb wirkende linke Hand schmückte. Stefan begrüßte ihn mit Handschlag und verwickelte ihn in eine Unterhaltung, die verriet, dass die beiden offenbar enge Geschäftspartner und Freunde waren.

Nachdem sie sich einige Minuten unterhalten hatten, rief Stefan Elisa, und der Mann, den Stefan mit Swjatoslaw ansprach, sagte mit einem herablassenden Lächeln: »Du bist also die schöne Frau, von der Stefan mir erzählt hat«, und legte seinen Arm um Elisas Hüfte. Elisa war die Umklammerung sichtlich unangenehm, und sie versuchte, seinen Arm mit einer eher angedeuteten Bewegung ihrer Hände wegzuschieben, auch wenn sie ihn keinen Millimeter bewegen konnte.

Nachdem Stefan Swjatoslaw einen kurzen Blick zugeworfen hatte, ließ Swatoslaw Elisa los und sagte: »Schade ... Vielleicht später.«

»Ja«, erwiderte Stefan und fuhr, zu Elisa gewandt, fort: »Ich glaube, mein Freund hat Lust auf einen Whisky ... auf Kosten des Hauses, versteht sich«, und Swjatoslaw nickte.

Daraufhin ging Elisa wie in Trance zum Tresen und füllte ein Whiskyglas. Doch erst als sie das Glas vor Swjatoslaw auf den Tisch stellte, bemerkte sie, dass sich Wodka statt Whisky darin befand. Stefans Augen loderten vor Zorn, als er Elisa anblickte. Dann stand er auf und brachte Swjatoslaw das gewünschte Getränk, während Elisa sich schutzsuchend hinter dem Tresen verbarg, ohne dass ihre Kolleginnen an ihrer Untätigkeit Anstoß nahmen. Elisa sah, wie Stefan länger mit Swjatoslaw sprach und dabei immer wieder drohend auf Elisa deutete, wobei seine Handbewegungen die Verachtung zum Ausdruck brachten, die er offenkundig empfand. Nach einiger Zeit ging er schließlich zu einem anderen Tisch, wo er einen Gast begrüßte, den er anscheinend ebenfalls gut kannte, während Jekaterina Swjatoslaw einen weiteren Whisky servierte und sich mit gespreizten Beinen auf seinen Schoß setzte.

Wenige Minuten später erhob sich Stefan und stellte

sich neben Elisa, die noch immer wie angewurzelt hinter dem Tresen stand und beobachtete, wie Jekaterina kurz darauf mit Swjatoslaw zu einer Tür in der hinteren rechten Ecke der Bar ging, hinter der sich ein Gang mit mehreren Zimmern verbarg.

»Swjatoslaw und Jekaterina gehen nach hinten, in unsere Räume für körpernahe Dienstleistungen«, sagte Stefan zu Elisa und fuhr fort: »Komm! Wir gehen.«

Elisa war nicht in der Lage, einen klaren Gedanken zu fassen, während sie Stefan mit zitternden Knien zu seiner Wohnung folgte.

Sobald er die Wohnungstür hinter sich geschlossen hatte, umfasste er mit einem schmerzhaften Griff Elisas linkes Handgelenk und zerrte sie in die Küche. Bevor Elisa begriff, was geschah, lag sie ohnmächtig auf dem Boden, getroffen von einer wuchtigen Ohrfeige. Als sie wieder erwacht war und sich mühsam und vor Schmerzen wimmernd aufgerichtet hatte, schrie Stefan:

»Stell dich nicht so an! So wie heute Abend wirst du dich nicht noch einmal aufführen!« Dann fuhr er nach einer kurzen Pause mit leiser, bedrohlicher Stimme fort: »Das nächste Mal wirst auch du körpernah arbeiten. Frauen wie du gefallen meinen Freunden und einflussreichen Gästen. Du wirst ein Vermögen für mich verdienen ... und mir stets zu Diensten sein.«

Elisa schüttelte den Kopf und stammelte weinend: »Nein ... Bitte, ich kann das nicht.«

Daraufhin nahm Stefan eine Bierflasche aus dem Kühlschrank und trank ein wenig daraus, während Elisa noch immer tränenüberströmt den Kopf schüttelte.

Schließlich warf Stefan die Flasche auf den Boden, so dass sie in unzählige Stücke zerplatzte, während das schäumende Getränk sich auf den Fliesen ausbreitete.

»Wisch das weg!«, herrschte Stefan Elisa an. »In einer halben Stunde komme ich wieder. Bis dahin hast du es dir anders überlegt. Es ist deine letzte Chance. Du solltest immer daran denken, dass meine Frauen mir gehören … bis zum Ende.«

Anschließend ging er in sein Arbeitszimmer, während Elisa einen Putzeimer und einen Lappen holte und die kalte, übelriechende Flüssigkeit mitsamt den unzähligen Scherben aufwischte. Als sie danach ins Schlafzimmer ging, hatte sie trotz ihrer unsäglichen Qual einen Entschluss gefasst. Sie zog den Rock, die Bluse und die Strumpfhose aus, holte ihre alten Sachen aus der Truhe neben dem Bett und legte mit zitternden Händen ihren Pullover und ihre bordeauxrote Cordhose wieder an. Nur ihre Socken konnte sie in der Eile und der Aufregung nicht finden, so dass ihre Füße schließlich nackt in ihren weißen Tennisschuhen steckten.

Wenig später betrat Stefan den Raum, und Elisa richtete sich mit kreidebleichem Gesicht auf.

»Und?«, fragte er gebieterisch.

Elisa schüttelte nur wortlos den Kopf, während sie auf Stefans Gesicht einen dämonischen Hass bemerkte, den sie noch nie bei einem Menschen gesehen hatte. Dann spürte sie, dass seine Faust in ihrem Gesicht explodierte, und fühlte, wie ihr Oberkiefer zerbarst. Es war das Letzte, was sie wahrnahm, bevor sie das Bewusstsein verlor.

Ein Jahr später fanden Pilzsammler in der Nähe eines überwucherten Waldstücks auf der Böschung einer Autobahn südlich von Heidelberg die skelettierte Leiche einer jungen Frau, die trotz aller Bemühungen nie identifiziert werden konnte. Ihr Schicksal blieb für immer ungeklärt.

Wenige Minuten nachdem Rebecca die Lektüre des Manuskripts beendet hatte, kam Christian nach Hause und fragte sie, wie ihr Tag verlaufen sei.

»Ich habe fünf Stunden Klavier gespielt und später, am Nachmittag, deine Erzählung gelesen«, antwortete Rebecca mit einem Lächeln.

»Wie hat sie dir gefallen?«, fragte Christian voller Neugier.

»Gut ... Es ist eine Geschichte mit tragischem Ausgang, die aber leider eine durchaus reale Grundlage hat. Es gibt sicher viele Frauen, denen es ähnlich geht.«

»Das stimmt ... Ich habe mich natürlich stark mit der Hauptfigur identifiziert, und es war für mich schmerzhaft, sie so leiden und sterben zu sehen.«

»Für mich auch ... Die Erzählung bringt eben nicht zuletzt unsere Alpträume und Ängste zum Ausdruck.«

»Das stimmt. Stefan ist so etwas wie die Personifikation des absolut Bösen, etwas, was wir alle fürchten ... Trotzdem hätte ich der Geschichte eigentlich lieber ein hoffnungsvolleres Ende gegeben, aber ein solcher Schluss ergab sich einfach nicht aus der Logik der Erzählung.«

»Ja. Wahrscheinlich wäre ein solches Ende nicht sehr plausibel und realistisch gewesen ... Aber auf jeden Fall zeigst du sehr viel Empathie für Elisa.«

»Das zumindest war ich ihr schuldig. Immerhin steckt in ihr viel von uns beiden ... Sie lebt in tragischer Einsamkeit und bleibt letztlich immer eine Fremde in der Welt und unter den Menschen. Es ist eine Erfahrung, die auch wir kennen.«

»Das stimmt, aber immerhin haben wir diese Einsamkeit überwunden«, entgegnete Rebecca und umarmte Christian lange.

Einige Zeit später, während des Abendessens, sagte Rebecca:

»Ach übrigens, am übernächsten Wochenende, nach meinem Konzert, sind wir bei Claudia eingeladen ... Du erinnerst dich sicher an sie. Ich habe mit ihr gemeinsam studiert.«

»Ja, natürlich. Sie wohnt südlich von Heidelberg, oder?«

»Genau. Vielleicht wäre ein solcher Ausflug eine ganz schöne Abwechslung.«

»Ja, so ist es. Nach all der Arbeit tut es gut, einmal etwas anderes zu sehen.«

So fuhren die beiden fast zwei Wochen später, an einem Samstagvormittag, in den kleinen, idyllischen Ort auf einem Hügel am Rand der Rheinebene, wo Claudia lebte. Nachdem sie gemeinsam zu Mittag gegessen und sich noch längere Zeit unterhalten hatten, verabschiedeten sich Rebecca und Christian von Claudia.

»Ich muss leider noch etwas üben«, sagte Claudia zu Rebecca. »Du hast dein Konzert schon hinter dir. Ich habe es noch vor mir.«

»Ich weiß, wie das ist, und habe natürlich volles Verständnis dafür ... Auf jeden Fall war es ein sehr schöner Tag für uns.«

»Für mich auch«, erwiderte Claudia, bevor Rebecca fortfuhr:

»Aus irgendeinem Grund habe ich vor der Rückfahrt Lust auf einen Spaziergang.«

»Das ist in dieser Gegend kein Problem. Nicht weit von hier gibt es ein Naturschutzgebiet, wo man schöne kleine Wanderungen machen kann«, sagte Claudia und beschrieb den Weg.

»Das klingt sehr gut«, erwiderte Rebecca, bevor sie und Christian aufbrachen.

Wenig später stellten die beiden ihr Auto auf einem Parkplatz in der Nähe des Naturschutzgebiets ab, von dem Claudia ihnen erzählt hatte, und liefen durch das ausgedehnte Wald- und Moorgebiet mit seinen zahlreichen Schilfdickichten, Tümpeln und Wassergräben, die von der untergehenden Herbstsonne in ein warmes und doch zugleich melancholisches Licht getaucht wurden. Nach einiger Zeit kamen sie an einem größeren Bauernhof vorbei, in dessen Nähe eine mehrspurige Autobahn verlief, die Rebecca an Christians Erzählung erinnerte. Als ihr Weg sie bald darauf unter einer Brücke der Autobahn hindurchführte, blieb Rebecca plötzlich stehen und sagte:

»Hör mal ... dieses Klopfen. Es klingt genauso wie das Geräusch, das ich in meinem Traum gehört habe.«

»Ja ... So ähnlich habe ich es mir auch vorgestellt, als du mir von dem Traum erzählt hast ... Dieses Geräusch entsteht, wenn die Autos und Lastwagen eine Fuge in der Fahrbahn überqueren.«

»Das ist die nüchterne, rationale Erklärung dafür. Aber für mich und uns beide hat es eine viel tiefere Bedeutung.«

»Ja, natürlich«, entgegnete Christian und ergriff Rebeccas Hand, während sie wie gebannt der stetigen Abfolge zweier fallender Töne zuhörten, die manchmal von einem leisen Donner begleitet war, und den stetigen, endlosen Strom der Fahrzeuge beobachteten, die namenlos einem unbekannten Ziel zustrebten.

»Dein Traum war also nicht nur reine Phantasie«, sagte Christian.

»Ja, wie so oft«, antwortete Rebecca, bevor sie ihre Wanderung fortsetzten. Etwa eine halbe Stunde später erreichten sie einen Wald, in dem das Unterholz und die

Brombeerranken am Rand des sich verengenden Weges immer dichter wurden, während die Dämmerung anbrach und hellgraue Nebelschwaden aus den benachbarten Sümpfen aufstiegen.

»Man sieht, dass die Gegend hier ein Naturschutzgebiet ist, wo sich die Vegetation fast wild ausbreitet ... Aber es scheint auch beinahe so, als ob wir die Landschaft entdeckt hätten, in der dein Traum spielt ... und auch meine Erzählung«, sagte Christian.

»Ja, es ist faszinierend und unheimlich zugleich«, erwiderte Rebecca.

»Wenigstens sind wir zu zweit und brauchen uns vor unseren Alpträumen nicht zu fürchten«, sagte Christian und fuhr nach einem Augenblick fort: »Aber es wird dunkel, und vielleicht ist es besser, umzukehren.«

»Das stimmt«, entgegnete Rebecca.

Als sie einige Zeit später wieder die Autobahnbrücke erreichten, tauchten die Scheinwerfer der Fahrzeuge den Wald neben der Autobahn in ein flackerndes, rasch wechselndes weißes Licht, während der Himmel in der Dunkelheit der klaren Nacht vom schwachen Schein zahlloser Sterne erfüllt war.

»Die Sterne erinnern mich daran, wohin wir letztlich alle unterwegs sind«, sagte Rebecca.

»Ja ... möglicherweise auch eine Frau wie Elisa«, antwortete Christian, bevor die beiden zu ihrem Auto zurückkehrten und sich auf den Rückweg nach Frankfurt machten.

Am nächsten Tag brachte Christian mehr über das Gebiet in Erfahrung, das sie am Tag zuvor durchwandert hatten. Dabei stieß er auf etwas, was sofort seine Aufmerksamkeit fesselte, und rief Rebecca.

»Es würde mich nicht wundern, wenn du etwas ziemlich Besonderes entdeckt hättest«, sagte sie.

»So ist es ... In diesem heutigen Naturschutzgebiet wurden vor vielen Jahrzehnten auf der Böschung der Autobahn nicht weit von der Brücke entfernt tatsächlich die sterblichen Überreste einer jungen Frau gefunden, die offenbar einem Verbrechen zum Opfer gefallen war. Die Polizei hat damals alle Anstrengungen unternommen, um die Tote zu identifizieren und den Fall aufzuklären, aber leider ohne Erfolg. Bis heute weiß niemand, wer diese junge Frau war.«

Rebecca war tief berührt und antwortete:

»Die Geschichte zeigt, wie oft Traum, Fiktion und Wirklichkeit einander näher sind, als wir es glauben ... Deine Erzählung hat also, wie mein Traum, einen sehr realen Hintergrund, auch wenn es uns nicht bewusst war.«

Christian nickte und fuhr nach einem Augenblick fort: »Natürlich war diese unbekannte Tote anders als Elisa.«

»Das stimmt ... Aber sie hatten sicher auch einiges gemeinsam ... Wer weiß? Vielleicht lebt sie in gewisser Weise in deiner Erzählung fort, zumindest für uns beide. So hätte der Tod dann doch nicht das letzte Wort«, entgegnete Rebecca und legte einen Arm um Christians Schulter.